KEITAI
SHOUSETSU
BUNKO
SINCE 2009

幼なじみのフキゲンな

かくしごと

柊 乃

スターツ出版株式会社

カバーイラスト／覡あおひ

初冬の、ある放課後。
幼なじみの瑞季くんが2年ぶりに私の名前を呼んだ。

「あさひ。今日、一緒に帰ろうか」

今までずっと、私だけに冷たくて、
話しかけることすら許してもらえなかったのに。

どうして急に、そんなに優しくするの……？

大手リゾート会社の御曹司
矢代瑞季
×
おっとり系幼なじみ
中瀬あさひ

瑞季くんは私になにか大事なことを隠してる──。

「幼なじみのフキゲンなかくしごと」登場人物紹介

中瀬 あさひ(なかせ あさひ)

おっとりした高2女子。冷たかったり優しかったり、本心が読めない幼なじみの瑞季の態度に戸惑っている。

矢代 瑞季(やしろ みずき)

大企業の御曹司で、学校で有名なクール系イケメン。ある日突然、幼なじみのあさひを避けるようになる。

沖野 友香(おきの ともか)

あさひの中学からの親友。あさひにとって、親身に悩みを聞いてくれるお姉ちゃん的存在。

山崎 遼平(やまざき りょうへい)

瑞季の親友で、爽やかなルックスが女子に人気。瑞季とあさひの関係が気になっている。

葛西 穂希(かさい ほまれ)

瑞季と同じくらいモテる遊び人。一見、瑞季とは正反対のキャラだけど、なにか繋がりがあるようで……？

contents

第1章

瑞季くん　　　　　　　　10

遠い人　　　　　　　　27

第2章

葛西くん　　　　　　　56

冷たい水　　　　　　　87

第3章

体温　　　　　　　　110

特別　　　　　　　　143

第4章

やさしさ　　　　　　176

思い出バナシ　　　　184

第5章

金曜日　　　　　　　194

思い出バナシ2　　　204

最終章

矛盾 216

瑞季side 230

あさひside 236

お前がいないと無理 242

書籍限定番外編1

ある夜のお話 251

書籍限定番外編2

ふたりの日々 273

あとがき 294

第1章

瑞季くん

　私、中瀬あさひには、瑞季くんという幼なじみがいる。
　小さいころはよく遊んでいたけれど、高校に入学する前、私は瑞季くんに3つのことを約束させられた。

　1つ目は、瑞季くんと私が幼なじみだということを口外しないこと。
　2つ目は、必要がない限り話しかけないこと。
　3つ目は、下の名前で呼ばないこと。

　だから、高校1年生の時は本当に一度も話さなかった。
　校内で何度か見かけることはあっても、瑞季くんは目すらまともに合わせてくれなかったし。
　だけどあろうことか、2年生では同じクラスになってしまって。

『中瀬さん、消しゴム落としたよ』
　2年生になってからの瑞季くんとの初会話が、これ。
　瑞季くんが話しかけてくれたことに驚いたと同時に、他人のように接してくる態度に傷ついた。
　ありがとうというお礼すら言えず、それからもずっとそんな状態が続き。
　必要最小限の会話しかしないし、その中に個人的な話は

いっさいなくて。
　先生が探してたよ、とか。その程度。
　一度たまたま教室でふたりきりになった時に、怒られたことはある。
　あからさまに避けてんなよって。
　あからさますぎて逆に怪しまれるだろうって。
　おまけに、私と話す時の瑞季くんは決まって機嫌が悪かった。
　わざとなのは知ってるけど、クラスの女の子には愛想振りまいてるくせに……とか考えてしまって。
　わかってる。
　瑞季くんは、私のことがきらい。
　だから、私も瑞季くんなんてきらいだよって……思ってた。

　それは、高2の初冬。
　11月も中盤に差しかかった、なんてことないある放課後のこと。
「あさひ」
　瑞季くんが、静かな声で私を呼んだ。
　帰り支度をしていた手を止め、まばたきをする。
　思考までもが一瞬固まった。
　空耳だと思った。
　瑞季くんが私を下の名前で呼ぶなんて。
　――ましてや、学校で。

今、教室には人がほとんどいないとはいえ……絶対にありえないこと。
　振り向けない。
　だけど今、たしかに──。
「あさひ」
　もう一度、呼ばれる。
　自分の心臓の音がイヤというほど大きく聞こえた。
　ゆっくり、本当にゆっくりと体をうしろに向けて、ようやく彼の足もとを見る。
　上履きに書かれた、"矢代"という２文字。
「……み、」
　──瑞季くん。
　口からこぼれそうになったその名前をあわてて飲み込む。
「やしろ、くん」
　声がふるえた。
　私をきらいな瑞季くんが私に話しかけるなんて、きっと、いい話ではないだろうって思うから。
　だけど、下の名前で呼ばれたことに驚きを感じる一方で、どこか嬉しさを感じ、期待している自分もいて。
　思い切って顔をあげると、相変わらずきれいで、冷たい瑞季くんの顔がそこにあった。
「あさひ。今日、一緒に帰ろうか」
　普段よりもトーンを落としたその声は、優しくはないけれど、トゲを感じるわけでもなく。

その言葉はあまりにも現実味がなさすぎて、瑞季くんの声をどこか遠くで聞いてるような、不思議な感じがした。
　一緒に帰る……。
　やっぱりおかしい。
　瑞季くんの言いつけは絶対で、高校になってから優しくしてくれたことなんて本当に一度もないんだから。
　瑞季くんがなにを思ってこんなことを言うのかわからないから、ただ彼の瞳を見つめるばかりでなにも言えない。
「さっさと帰り支度しろよ」
　低い声でそう言って私に背を向ける。
　状況がよくつかめないまま、無意識に立ちあがった。
　急いでスクールバッグを肩にかけてあとを追いかける。
　こちらを振り返りもしないで早々と教室を出て行くその姿を、見失わないように。
『今日、一緒に帰ろうか』
　たしかにそう聞こえた。
　追いかけたほうがいいんだよね……？
　廊下に出ると、ひんやりと冷たい空気に包まれた。
　こんなに寒いのに、なんで窓開けてるんだろうとか、余裕のない頭で少しだけ考えた。
　それから、２メートルほど前を歩く瑞季くんの背中を見つめる。
　ドキン、ドキンってずっと心臓がうるさい。
　見ているだけで、息がうまくできない気がした。
　これからふたりで話したりするのかと思うと緊張してし

まう。
「矢代くん、待ってよ……！」
　声がふるえないように両手でカバンを握りしめて呼び止めたけれど、彼は私の声を無視して淡々と歩き続ける。
　目の奥がじわっと熱くなって、気を抜くと涙がこぼれてきそう。
　なんで……？
　やっぱり瑞季くんは、今も私だけに冷たいんだ。
　幼なじみなのにな……。
「瑞季くんのバカ」
　心の中でつぶやいたつもりだった。
　瑞季くんが振り返って初めて、声に出ていたことに気づく。
　瑞季くんの吐いた溜め息が白く染まった。
「お前のほうがバカだろ」
　無機質な声。
　だけど、冷たさは感じない。
　私のほうにゆっくり歩み寄ってくる。
　距離が少しずつ縮まって影が私に重なると、彼の口からさっきよりも少し長い溜め息が落ちてきた。
「なんで泣いてんの」
　抑揚もなく感情のこもらない口調でそう尋ねる瑞季くんは、当然、慰めたりだとか、涙をぬぐってくれたりだとか、そんな優しいことは絶対しない。
　面倒くさそうに目を細めて私を見てる。

だけど。
「嬉しいから……」
「はあ？」
「瑞季くんが２年ぶりに名前呼んでくれて、一緒に、帰ろうって言ってくれたから……っ」
「……」
　言葉にすると一気に感情が高まって、涙が止まらなくなる。
　次々と流れてくるしずくを制服の袖でぬぐった。
「きったねぇの」
　と、瑞季くんがひと言。
「ハンカチくらい持ってこいよバカ」
　直後、私の顔面になにかが押し付けられる。
　瑞季くんの匂いがした。
「ぶっさいく」
　瑞季くんが私の涙をハンカチで乱暴にぬぐう。
　全部夢みたいだった。
　瑞季くんと話していることも。
　瑞季くんが、間接的ではあるけれど、私に触れていることも。
「泣きやんだ？」
「うん……ありがとう」
「そんなに俺と話したかったの」
　あきれたように、瑞季くんが小さく笑った。
　久しぶりに向けられたその笑顔に、涙が再びあふれ出そ

うになるのをぐっと堪える。
「話したかったよ……ずっと」
「……そう」
　小さくつぶやいて、瑞季くんはまた笑った。
　窓の外に視線を移しながら、どこかさみしそうに。
　冷たい風が瑞季くんの前髪をさらさらと揺らす。
「じゃあちょっと話そうか。どっか、カフェにでも寄る？」

　瑞季くんは私に冷たい。
　その理由も、ちゃんと知ってる。
『お前のこと、ずっと前からきらいだった』
　２年くらい前の中学の卒業式の日、瑞季くんは私にそう言ったから。
　あの時の冷たい声、冷たい視線。
　きっと、一生忘れられない。

　瑞季くんの家はかなりのお金持ちだ。
　お父さんが大手リゾート会社の社長をしていて、瑞季くんは、その長男。
　私とは幼稚園が一緒で、送迎バスで席がとなりだったので、そこから自然と仲よくなった。
　対する私は、幼なじみとは言えど、庶民もいいところで。
　昔は本当によく一緒に遊んでいたけれど、自分は瑞季くんと結婚するんだって勝手に思い込んでたのを思い出すと笑ってしまう。

考えてみれば簡単なこと。
　お金持ちの瑞季くんと庶民の私では釣り合いがとれないのは当たり前。
　瑞季くんが私を恋愛対象として見たことなんて、一度だってあるはずがない。
　まさか、きらわれてるとまでは思ってなかったけど。
　それなのに、どうして──。
　目の前でメニューを広げる瑞季くんを、ちらりと盗み見る。
　カフェだと言っていたのに、想像していたよりもずっと高そうなお店に連れてこられて、驚いてしまった。
　レトロな雰囲気の中に品よく輝くシャンデリア。
　店内がすごく華やかで、見るからに高級。
　とても、高校生が入るような所じゃないと思われる。
　入り口で店員さんと親しげに話していたから、瑞季くんは常連さんなんだろうけど……。
　さすがお金持ちとしか言えない。
　それはそうと、まだにわかには信じられなかった。
　あの瑞季くんと……私のことがきらいで、さんざん他人扱いしていた瑞季くんと、一緒にいることが。
　たくさん聞きたいことがあるはずなのに、いろんな感情が混ざってなかなか言葉にできない。
「あさひ、決めた？」
「えっと……まだ」
　そう言われてから初めて目の前のメニューに焦点を合わ

せた。
　なにこれ……と固まる。
　カタカナばっかりで意味がわからない。
　エスプレッソって聞いたことあるけど……おいしいのかな?
　そうやって悩んでいるうちに、そばを通りかかった女の店員さんが立ち止まった。
「ご注文、お決まりでしたらどうぞ」
　小顔で、華やかな美人さん。
　店員さんの雰囲気にすら圧倒される。
「まだ決めてねえの?」
「いっぱいあるからわかんない……」
　助けを求めるように視線を向けると、瑞季くんが短く息を吐いた。
「アップルパイと、レモンティーひとつ。俺は紅茶だけでいいや。いつものアールグレイ」
　まるで暗唱するかのようにすらすらと口にする。
　店員さんはそれを復唱したあと、丁寧にお辞儀をして去っていった。
　……なんだ。
　そんな普通のメニューもあったんだ。
　瑞季くんに意識持っていかれすぎて気づかなかった。
「ありがとう。私アップルパイ大好き」
　昔、よくふたりで遊んでいた時、市販のお菓子には馴染みがない瑞季くんを気遣って、私のお母さんがよくアップ

ルパイを焼いてくれていた。
　私の好物だからっていうのもあったけど、瑞季くんもいつもおいしいと言って食べてくれていたのを思い出す。
「知ってる」
　直後、ドキンと心臓が跳ねた。
「覚えてるよ。ちゃんと」
　瑞季くんは優しい顔で笑う。
　またそんなやわらかい表情。
　どうしてそんな顔で笑うの？
　私のこと、きらいなのに覚えててくれたの？
　ずっと冷たかったくせに。ずるい……。
　やっぱり夢なんじゃないかなと不安になったところで、再び瑞季くんと視線がぶつかった。
「なに話す？」
「え？」
「俺と話したかったんでしょ」
「っ、うん」
　話したいこと。
　そんなのたくさんありすぎて、なにから話せばいいのかわからない。
　今、瑞季くんと一緒にいるっていうことだけでどうにかなりそうなのに……。
　私が口を開こうとすると、瑞季くんがさえぎった。
「なんでも話していいけど、俺になにか聞くのはナシね」
「……どういうこと？」

「俺が自分からあさひに話すこと以外は質問しないで。俺の話は黙って聞いてればいいから」
「……わかった」
　勢いでうなずいてしまったけれど。
　やっぱりわかんない。
　どうしてそんなこと言うの？
　瑞季くんのこと聞いちゃダメって、なんで？
　そんなこと言われたら、余計に知りたくなるのに。
　気になってしょうがないのに。
「まあ俺なんかの話より、お前の話してよ」
「私……？」
　頭の中が整理できてないせいで言葉がまとまらない。
　必死に頭を巡らせていたら、瑞季くんがふっと笑った。
「変な顔」
「えっ」
「そんなに考え込まなくていいだろ」
「……」
「なに、どうしたの」
　顔を下からのぞきこまれる。
「……ううん、なんでもない」
　ただ、嬉しいだけ。
　瑞季くんが私の目の前で笑ってることが。
　息ができないくらい嬉しいから、言葉が出てこない。
　そんなこと言っても、瑞季くんはたぶん気にも留めないだろうな……。

「お待たせ致しました」
　カタッと目の前にお皿が置かれた。
　香ばしくて甘い、いい匂いがする。
　ごゆっくりどうぞ、と微笑んで店員さんは奥のほうに戻っていった。
「はい、あさひ」
　瑞季くんが、紅茶用の砂糖が入ったポットを丁寧に差し出してくる。
「ありがとう……」
　ひとつひとつの振る舞いが上品で、やっぱりこの人は矢代リゾートの御曹司なんだなって実感させられる。
　幼なじみのはずなのに、私と瑞季くんの間にはどうやっても埋められない溝があるように感じた。
　……その溝は、昔も今も変わらない。
「そういや、キラ元気？」
　私がなにも言わないから気を利かせてくれたんだろう。
　瑞季くんは紅茶を一口すすったあと、そう尋ねた。
「うん、元気。でも最近ちょっと太った」
「はっ。あさひが甘やかすからだろ」
　キラっていうのは、私の家で飼っている三毛猫のこと。
　小学６年生の時に公園に捨てられてるのを瑞季くんが見つけて拾ってきた。
　瑞季くんのお母さんが猫アレルギーだったから、あれからずっと私の家で飼ってる。
「俺のこと覚えてるかな、キラ」

「覚えてると思うよ」
「そうだといいけど」
　キラは飼い主の私よりもなついてるんじゃないかって思うほど、瑞季くんのことが大好きだった。
　私たちがふたりでテレビを観ている時だって、キラが乗っかっていたのはいつも瑞季くんのひざの上。
「……気になるなら、今日私の家に来れば？」
「……」
　瑞季くんが目をそらした。
　ズキッと胸が痛む。
「……また、いつかね」
　窓の外を眺めながら、瑞季くんはひとり言みたいに言った。
　なんだか、また胸の奥が熱くなってきて、わけもなく泣きたい気分になった。
　嬉しいはずなのに、ひどく悲しい。
　あわてて頬に伝った涙をぬぐい、ふるえる手でひと口サイズに切り分けたアップルパイを口に運んだ。
「あさひ」
　名前を呼ばれる。
「なんで泣いてんの」
「……っ、ごめんなさい」
「泣かせるために誘ったんじゃない。せっかく一緒にいるんだからさ」
「………」

「アップルパイうまい？」
「……うん」
「だったら笑えよ」
　優しい声音。
　瑞季くんのその声にいちだんと胸が締め付けられる。
　……優しい響きがさらに涙腺をゆるませるから、逆効果だと思った。

　1時間くらい経ったのかもしれない。
　話の内容は、大半は私のこと。
　テストの点数や最近観た映画の感想を話して、それに瑞季くんが時折、笑いながら相づちを打ってくれるという感じで。
　最後までぎこちなさはあったものの、2年間で開いてしまった距離が少し縮まったような気がして嬉しかった。
　お店を出ると外はもう薄暗かった。
「瑞季くん、おごってくれてありがとう」
「いーよ。俺が誘ったんだし」
　瑞季くんのうしろを1歩離れて歩く私。
　せっかくだからまだなにか話したいと思うのに、外に出た途端に妙な沈黙が私たちの間に流れる。
　沈黙に焦っているうちに、私の家の前まで着いてしまった。
　もう……ここでバイバイしなきゃいけない。
　なんでもいいから、もっと瑞季くんと話していたいのに。

「……なんで今日、私と話してくれたの？」
　質問してはいけないと言われたけど、勇気を出して、聞いてみる。
「……」
　それには答えずにこちらを見おろしてくる瑞季くん。
　逆光で表情はよくわからなかった。
　これも、聞いちゃいけないのかな……。
「明日も、一緒に帰っちゃダメ？」
　もう１回、質問。
　瑞季くんはなにも言わない。
　少しだけ間が空いて、瑞季くんが笑った気がして……。
　一緒に遊んでた頃(ころ)の記憶(おく)がふっとよみがえった。
　こうやって、いつもここで別れてた。
　おたがい話が尽(つ)きず、何時間も立ち話をしたこともあった。
　いろいろ思い出していると、なんだか昔に戻ったような気分になって。
　……離れたくないなあ、なんて思っていたら、
「……ごめん」
　さみしげな笑顔のまま、そう小さくつぶやいた瑞季くんの声に、はっと我に返った。
「……待ってよ」
　背を向けて歩き出す彼を引き止める。
　すぐそばにいたのに、離れていくから。
　急にさみしさが募(つの)って、想いがあふれてきて止まらなく

なる。
「だいすき」
　無意識のうちに口からこぼれた。
　我に返って、体がカアッと熱くなる。
　なに言ってるの……。
　瑞季くんが振り向く。
　オレンジに染まる景色の中、深いため息が聞こえたかと思うと、瑞季くんはカバンをその場におろした。
「今日だけだから」
「……えっ？」
「……おいで」
　ドクン、と心臓が跳ねた。
　おそるおそる近づくと、瞬間、ぐいっと強い力で引き寄せられた。
　あったかい瑞季くんの体温に包まれて、嬉しくて、切なくて。
　胸の奥がどうしようもなく苦しくなる。
　ドキドキ、ドキドキ。
　聞こえてくるこの音が、瑞季くんのだったらいいのに。
「また泣いてんの」
「……泣いてない」
「鼻水つけんなよ」
「……」
「そんなに、俺のこと好きなの」
「……うん」

すき。だいすき。
　　苦しいくらい、私はずっと……。
「俺はきらい」
「……知ってるもん」
　　ドキドキ、ズキズキ。
　　どうしてなにも答えてくれないの、とか。
　　どうして今日は優しくしてくれたの、とか。
　　どうして……抱きしめるの、って。
　　頭の中はぐっちゃぐちゃ。
　　だけど今、瑞季くんが私に触れているのは事実で。
　　瑞季くんが私のこときらっててもいい。
　　だから、せめて……。
「好きでいてもいいかな……」
　　視線が絡む。
「……知らない」
　　無機質な声。
　　だけど、優しい表情だった——。

　　なのに。
　　次の日、瑞季くんは学校に来なかった。

遠い人

「起立ー、礼」

朝礼が終わって、みんながぞろぞろと席を立っていく。

１限目は生物だから、私もはやく準備して生物室に向かわなきゃいけないんだけど……。

「矢代くん、今日来てないね？」

「あたし矢代くんと生物同じ班だから、楽しみにしてたのに」

ちらほらと聞こえてくる会話を聞きながら、私の中で、よくわからない不安が膨らんでいた。

瑞季くんは昔からよく風邪をひいてたけど、今日来てない理由は、たぶん風邪なんかじゃ……ない。

なんとなくだけど、そんな気がする。

気づかないふりをしていたけど、昨日の瑞季くんの行動はあまりにも唐突で、違和感を覚えたから。

「ほら、あさひ。行くよ？」

上から降ってきた声に顔をあげると、少し首をかしげながら私を見る友香ちゃんと目が合った。

うなずいて、机の中から生物の教科書を取り出す。

「矢代くん、休みなんてめずらしいね」

友香ちゃんがぽつりとつぶやく。

「あ、うん……」

中学からの親友の友香ちゃんは、自由気ままな性格でマ

イペースではあるけれど、まわりのことをよく見ていて、さりげない気づかいができる優しさがある。
　親身になって悩みなどを聞いてくれるから、他の人には言えないようなことも友香ちゃんだけには打ち明けられた。
　……だから友香ちゃんは、私と瑞季くんの関係を知っている。
　幼なじみだということだけでなく、私が瑞季くんから学校ではかかわりを持たないように言われていることまで。
「……もしかして、矢代くんが休んでる理由、あさひ知ってるの?」
「えっ」
「なんか、考えこんでるみたいだったから、そうなのかなーって」
　さすが、気づかい上手なだけあって、観察力が鋭い。
「……んーん。知らない、けど……」
「……けど?」
「瑞季くん……もう学校に来なくなるんじゃないかとか考えちゃって」
　みんなが出て行ってしまった教室に、私の声が静かに響いた。
　友香ちゃんは目をぱちくりさせて、私を見る。
「矢代くんがもう来ない?」
「そんなわけないよね。でも、なんか……」
「それって、転校でもしちゃったってこと?」

——転校。

　ドク、と心臓が冷たく鳴る。

『質問しないで』

『また、いつかね』

『今日だけだから』

　昨日、瑞季くんと別れてから、いやに頭から離れなかった言葉。

　なにか秘密があるかのような、まるでもう会えないかのような、そんな口ぶりに聞こえてしまったから。

「……そうだったらどうしよう」

　急に、胸が締めつけられたみたいに苦しくなった。

　どうしようもなく痛い。

　怖いと思った。

　会えないところに行ってしまうと思うと耐えられなくて、スカートの裾を思わずギュッとつかむ。

「大丈夫だって。先生も今朝、矢代くんのことなにも言わなかったし」

　優しく笑って、背中をポンポンとたたいてくれる友香ちゃん。

「うん……」

　落ち着いてよく考えてみれば、そうだよねって思う。

　みんなに内緒で突然転校なんて、するわけないだろうし、先生も瑞季くんのことには触れなかったし。

「それに、ほら、矢代くんのロッカー見て？　置き勉してる教科書とかちゃんと残ってる」

友香ちゃんに言われてうしろのロッカーに目を移して、少しほっとする。
「……うん。転校なんて、するわけないよね」
　なかば自分に言い聞かせるようにして笑った。
「そーだよ。バカなこと言ってないで、ほら、急がないと生物遅(おく)れる！」
　友香ちゃんの明るい声に背中を押されて、私はようやく教室をあとにした。
　きっと瑞季くん、また風邪でもひいたんだ。
　だって昨日、寒いのに薄着だったし。
　きっとそう……。

　——キーンコーンカーンコーン……。
　チャイムが鳴って、あっという間に放課後。
「明日と明後日休みだからといって、あまりはしゃぎ過ぎないようになあ」
　終礼中、担任の桜井(さくらい)先生の話を聞きながら、そういえば今日は金曜か、とぼんやりとした頭で考えた。
　月曜には、瑞季くん来るよね……？
　なんとなくモヤモヤする。
　根拠(こんきょ)のないこの不安は、いったいどこから来るんだろう。
「起立ー。礼」
　終礼が終わる。
　金曜日だからか、みんなの表情はいつもよりも少し浮(うわ)ついている気がした。

ふと、教室を出て行こうとしている桜井先生が目に留まった。
　先生の右手には、出欠簿。
　──ガタン。
　気づくと、無意識に立ちあがっていて。
「先生……っ」
　先生が廊下に出るのと同時に呼び止めた。
　見あげると、少し驚いたような先生と視線がぶつかる。
　まだ30代前半で若い桜井先生は生徒との距離が近く、進路から友達との関係のことまでいつも優しく相談に乗ってくれる。
　この先生なら、なにか教えてくれるかもしれないと思った。
「おう、中瀬。どうしたー？」
　いやな顔ひとつせず、おだやかな笑顔で答えてくれる。
「えっと、あの……」
　心臓が大きな音を立てて鳴り始める。
　なんて言えばいいんだろう。
　普段まったくかかわりのない私が瑞季くんのことを尋ねるのは変かもしれない。
　だけど、モヤモヤしたまま月曜まで待つなんて、そんなのいやだ……。
「みずきく……、えっと、矢代くんは今日、どうしたんですか……？」
　先生の目を見ることができなくて、おまけに声はふるえ

てしまった。
「……あぁ、矢代？」
　一瞬の沈黙ののち、先生が口を開く。
「今日は家の用事だってさ。お前も知ってると思うけど、あいつは大企業のお坊ちゃんだからね……いろいろあるわけよ」
　先生にしてはめずらしく、言葉を濁した言い方。
　でも、もし瑞季くんが転校するなら遅かれ早かれみんなにわかってしまうことだし、わざわざごまかしたりしないだろうと思い、ひとまず胸をなでおろした。
「……そうなんですね、ありがとうございます」
　なにか突っ込まれる前にと、急いで頭をさげて早足で教室に戻る。

「先生となに話してたの？」
　すでに帰り支度をすませた友香ちゃんが、怪訝な表情で尋ねてくる。
「ちょっと、瑞季くんの……」
　言いかけて、ハッと口をつぐんだ。
　まだ、教室には人が残ってる。
　この会話はあまり聞かれないほうがいいと思って、声のトーンを少しだけさげた。
「えっと……あとで話すね」
「ん、わかった」
　友香ちゃんは探るような目をしつつも、コクッと小さく

うなずいた。
　急いで荷物をスクールバッグに詰める。
　課題用のワークなどが入ってるせいで、肩にかけるとズシッと重かった。
「ごめんね、友香ちゃん」
　待たせたことを謝って、そのまま教室を出ようとした、その時。
「中瀬さん」
　背後から急に声が飛んできた。
　振り向くと、立っていたのは、瑞季くんといつも一緒にいる山崎 遼平くんだった。
　中学が別だったから、山崎くんとはまともに話したこともない。
　高1の時も瑞季くんと同じクラスで、出席番号順で席が近かったのがきっかけで仲よくなったみたい。
　瑞季くんみたいな王子様キャラではないけど、山崎くんも短髪が似合う爽やかな顔立ちでモテるから、瑞季くんと一緒にいて女子に騒がれているのをよく見かける。
　いったい、なんの用だろう……。
　少し首をかしげてみせると、山崎くんはグッと顔を寄せてきた。
「瑞季、昨日なんか言ってなかった？」
　耳もとで、ぼそりとささやかれた声。
　一瞬、思考が停止する。
　……え？

今『瑞季』って言った……？
　なんで私にそんなこと聞くの？
　山崎くんは、私と瑞季くんの関係を知ってるの？
　妙な緊張が体を支配し、変な汗が出てくる。
「昨日、瑞季と一緒に帰ってたよね」
「え……あ……」
「えっ？　そうなの？　あさひ」
　答えようとすれば、驚いた顔をする友香ちゃんの大きな声がさえぎった。
　私が学校でかかわらないよう瑞季くんに約束させられていることを知る友香ちゃんにしてみれば、驚くのも無理はない。
「あ、うん、実は……」
　友香ちゃんは昨日塾があるからと先に帰っていたから、知らないのも当然で。
　目を丸くしている友香ちゃんを視界の端に捉えたあと、私は山崎くんに向き直る。
「……一緒に帰ったけど、矢代くんは自分のことはなにも言ってくれなかった」
　昨日のことを思い出すと胸がズキンと痛んだ。
　そのことに気づかれないように、スクールバッグを持ち直しながらそっと目をそらす。
「……そっか」
　山崎くんは少しだけ微笑んだ。
「わかった、ありがとう。急に引き止めてごめん」

「ううん、全然……」
　——もしかして。
　山崎くんはなにか知ってるの……？
　喉まで出かかったその言葉。
　拳をぎゅっと握りしめて、聞いてみるかどうか悩んでいる私に気づかないまま、山崎くんは教室に戻っていってしまった。

　校門を出てから、友香ちゃんに昨日のことを根掘り葉掘り聞かれたので、私はひとつひとつ、丁寧に話した。
　瑞季くんが2年ぶりに私の名前を呼んで、一緒に帰ろうって言ってくれたこと。
　カフェに寄って、他愛無い話をしたこと。
　私がアップルパイが好きだったことや、キラのことを覚えていてくれたこと。
　帰り際、ぎゅっと抱きしめてくれて、どうしようもなくドキドキしたこと。
　ずっと他人のような扱いをされていた瑞季くんに久しぶりに優しくされて、すごく嬉しかったこと。
　……でも、私のことがきらいなんだってあらためて伝えられて、胸がズキズキしたこと。
　話し終えると友香ちゃんがふーっとひと息ついて、ぽつりと言った。
「あさひは、矢代くんのことが好きなんだね」
　優しい声でそんなことを言うから。

「幼なじみとしてじゃなくて、男の子として、好きなんだね……」

はっとした。

どんな「好き」かなんて、深く考えたことなかったけれど。

たしかに、普段接している人に対する「好き」とはちがう気がする。

いつも話しているわけでもない。

それどころか、私のことをはっきりきらいだと言う人。

それなのに……毎日気づけば彼のことを目で追って、会いたいとか、話したいとか、考えていて。

無理だとわかっていながらも優しさを求めてる。

どうして瑞季くんの「きらい」が、他の誰よりも私の心を傷つけるのか、気づいてしまった。

私はずっと、瑞季くんに恋をしてたんだ……。

月曜日に瑞季くんが学校に来たら、また話してみたい。

すぐには難しいかもしれないけど、昔みたいな、瑞季くんの一番近くにいられる関係になりたい——。

月曜日。

瑞季くんのことが気になってしょうがなくて、はやく目が覚めた。

今日は瑞季くん、来る……よね。

ドキドキと朝から心臓が落ち着かないまま教室のドアを開けると、着いたのがいつもより少しはやいせいか、席に

座っているのはたったの3人だけだった。
　そのうちのひとりが急にこちらを振り向いたかと思うと、
「おはよ」
　そう言って爽やかに笑う。
　相手と視線がぶつかって初めて、私に向けて発せられた言葉だと気づいた。
「お、おはよう……」
　挨拶(あいさつ)を返した私の声は、あきらかに動揺(どうよう)しているのがバレバレで、小さくふるえていた。
　金曜日に引き続き、瑞季くんの親友である山崎くんに話しかけられたことに、ひどくとまどっていて。
「ちょっと、となりいい？」
　そう言って立ちあがったかと思うと、静かにこちらにやってきて、返事も聞かないまま私のとなりの席に腰をおろすものだから、軽くパニックに陥(おちい)ってしまう。
「瑞季、
　右手で頬杖(ほおづえ)をつき、私に視線を合わせながら静かにつぶやかれたその名前にドク、と心臓が音を立てる。
「──と中瀬さんは、どういう関係なの？」
「……え」
　山崎くんの瞳を見つめて、私はいったん心を落ち着かせようと小さく息を吐いた。
　チラリと横目で教室内にいるふたりを確認すると、幸い、ひとりは机に顔を突(つ)っ伏して眠(ねむ)っていて、もうひとりはイ

ヤホンを耳に突っ込んでなにやら音楽を聴いているようだった。
　聞かれる心配はないかなと、ひとまずホッと安心する。
　私たちの関係を口外しない、という瑞季くんの言いつけは、絶対だから。
「矢代くんと、私は……」
　言いかけて、ハッと口をつぐむ。
　……待って。
　相手が瑞季くんの親友だからってなにも考えずに答えようとしていたけれど。
『ふたりの関係を口外しない』
　この言いつけの有効範囲（はんい）がわからない。
　相手が山崎くんだったとしたら、どうなの？
　瑞季くんの約束に例外なんてあるんだろうか。
　あったとしても、それは私が勝手に判断できることじゃない……。
　私の口からはやっぱり言えないと首を横に振ろうとして、思いとどまる。
「……中瀬さん？」
　言えない……けど。
「……山崎くんはなんで急に、私にそんなことを聞いてくるの？」
「えっ」
　おそるおそる聞いてみると、まさか逆質問されるとは思ってなかったのか、彼は一瞬目を丸くした。

けれど、すぐ真顔に戻ると少し気まずそうに私から目をそらす。
「それ……は、瑞季が……」
「……矢代くんが？」
　ドク、ドクと心臓がイヤな音を立てる。
　あとに続く言葉がまったく想像できない。
　知りたいけど、なにを言われるのか怖くてぎゅっと手を握りしめた。
「瑞季が唯一、他人に対する自分の感情を見せる相手が中瀬さんだったから」
「……え？」
「他人になんの関心も見せないくせに、中瀬さんのことだけは、きらいだって、はっきりそう言うから……」
　きらいという言葉を聞いてビクッと体をふるわせる。
　目の前が一瞬真っ暗になった。
　よほど傷ついた顔をしてしまったらしい。
　山崎くんは私を見て、しまったというような顔をした。
「ごめんっ、つい……。そんな顔させるつもりじゃなかったんだけど……」
　申し訳なさそうに頭をかき始める山崎くん。
　私はあわてて首を横に振る。
「瑞季くんが私をきらいだってずっと前から知ってるし、本人からも何回も言われてきたからもう慣れてるし、大丈夫……！」
　自分でも驚くほど明るい声が出た。

それはもう、逆に、不自然なほど。

すると山崎くんは、

「そっか……。ごめんね」

と、また小さく謝った。

「あいつさ、本当になに考えてるかわかんねえの。自分のこと話そうとしないし……」

「……」

「みんなの前での完璧キャラも俺の前では多少崩してるけど、それでもやっぱりまだ仮面かぶってるように感じてさ」

うん……すごくわかる。

うまく言葉では表現できないけど、瑞季くんは"矢代瑞季"というイメージを決して壊さない。

それが昔一緒に遊んでた頃の瑞季くんのイメージと同じものなのか、今となってはよく思い出せないけれど。

山崎くんが言うには、瑞季くんと話していても、踏み込んではいけない部分にはうまく線が引かれていて。

どんなにがんばっても、本当の瑞季くんを見ることは難しいと思っているらしい。

「だから知りたいんだよね。とくに最近、あいつ変だったし」

「変だった？　矢代くんが？」

思わず聞き返してしまう。

瑞季くんは、私以外のクラスメイトにはいつも分け隔てなく笑顔で接しているし、その笑顔や立ち振る舞いが洗練されすぎていて、まったく隙を感じさせない。

そんなふうに、いつだって完璧を崩さない瑞季くんだ。

山崎くんがその変化に気づくなら、それは相当な異変にちがいない。
「なんかうわの空っていうか……ぱっと見いつもと変わんないんだけど、心ここにあらず、みたいな」
「そうなんだ……」
「めずらしく隙ができたなって思って詮索してみたけど、あいつまったく口割らないんだよね。そんなことされたら気になるっしょ？」
　ね？といたずらっ子みたいに笑って、山崎くんは私に同意を求めてくる。
「……うん」
　胸がさっきとはちがう意味で騒いできた。
　山崎くんが瑞季くんのことを知りたいって気持ちは、痛いほどわかる。
　この人になら、私と瑞季くんのことを話せるかもしれない。
　むしろ、話したい。
　そんな思いがこみあげてきて。
　瑞季くんの言いつけが頭をよぎったけど止められずに、
「あのね、実は……」
　そう、口を開きかけた時だった。
　──ガラッ。
　ドアをスライドさせる音が教室に響いて、そこに視線を移した途端、固まってしまう。
　静かに入ってきたのは、他でもない瑞季くん。

「……よお、瑞季」
　山崎くんが声をかけると、瑞季くんは黙ったままこちらに顔を向けた。
　私を見て一瞬驚いたような顔をしたけど、すぐにそらして鋭い目つきで山崎くんを見つめる。
「……なにやってんの」
　あくまでも山崎くんだけを見つめたまま、瑞季くんは低い声でそう言った。
「なにって……普通にしゃべってただけ。……ね、中瀬さん」
「あ、う、うん……」
　コクッとうなずく。
　だけど怖くて瑞季くんの顔を直視することができずに、うつむいた。
「……こんな地味でおとなしいやつとしゃべって、なにが楽しいの、お前」
　そんな声が上から降ってきて。
　反射的に見あげると、ひどく歪んだ笑顔がそこにはあった。
　口角はきれいにあがっているのに、色のない、無機質な瞳。
「……は？　お前なに言ってんだよ。中瀬さんかわいいし、話してたら楽しいし──」
「うるせぇよ」
　静かだけど、低くて、よく通る声で瑞季くんが山崎くんの言葉をさえぎる。

「きらいなヤツを、かわいいなんて思えるわけねぇだろ」
　吐き捨てるようなひと言。
　そして、唖然(あぜん)とした私たちに背を向けると、ガタンッと少し乱暴な音を立てて瑞季くんは自分の席に座った。
　まるでその音を合図にするかのように、再びドアをスライドする音が聞こえて、クラスメイトがぞろぞろと教室に入ってきた。
　時計を見れば、8時20分。
　ちょうど、登校ラッシュの時間。
　挨拶や笑い声が飛び交って、一気に騒がしくなっていく教室。
　その中で私はひとり、唇(くちびる)をキュッと結んで涙が頬を流れてしまわないように我慢(がまん)していた。
「瑞季の言うことなんて気にしなくていいからね」
　そう言って山崎くんが優しく慰めてくれるから、
「ありがとう、平気だよ……もう慣れてる」
　そうやって笑ってみせたけど、引きつっているのが自分でもわかった。
　この前の木曜日の出来事は夢だったんじゃないかと思うくらいの、冷たい態度や口調に正直驚いて、とまどってしまって……。
　ショックだけど……こんなことでいちいち泣いちゃだめだと、自分に言い聞かせる。
「ねえ山崎くん。そこあたしの席なんだけど」
　聞き慣れた声がうしろから飛んできたかと思うと、友香

ちゃんが立っていた。
　怪訝そうに首をかしげて山崎くんと私を交互（こうご）に見て。
「あっ、悪い」
　あわてたように山崎くんが席を立つ。
「それはべつにいいけど……山崎くん、あさひになにかした？」
「えっ？　ただしゃべってただけだけど……」
「じゃあ、なんであさひ泣いてるの？」
　……えっ？
　あわてて目もとに手を持っていくと、
「えっ……？　あっ」
　熱いしずくが指先を濡（ぬ）らす。
　大好きな親友を目の前にして安心したのか、緊張の糸が切れてしまったらしい。
　情けない……。
　山崎くんが急にオロオロし始めて、
「だ、大丈夫だよ中瀬さん！　瑞季はあーゆーヤツだから！　ね？」
　と私の肩を励（はげ）ますようにたたいた瞬間。
　友香ちゃんが瞳に怒（いか）りの色を浮かべて言った。
「はあ!?　またあいつのせいで泣いてるの？」
　その大きな声にビクッとする。
　まわりにいた人たちの視線を浴びながら、私はあわてて涙をぬぐい、首を横に振った。
「ち、ちがうよ！　ちょっと……本当になんでもない!!」

そんなごまかしを最後まで聞かないうちに、友香ちゃんは私の腕をグイッとひっぱった。
「保健室行こ」
「えっ」
「山崎くん。もし先生が来たら、あさひは具合が悪いって言っといてくれる？」
「ああ……わかった」
　ええっ……。
「ちょっ、友香ちゃん……っ」
　私の声を無視して、友香ちゃんはズンズンと歩き始める。
　瑞季くんに傷つけられた時にいつも相談していたから、友香ちゃんは瑞季くんの名前に敏感になっているんだと思う。
　教室を出る際に、チラリと瑞季くんを盗み見た。
　……私たちの会話、聞こえてた？
　私のこと、ウザいって思った……よね。
　なんて、今さら。
　こちらのことなんてまったく気にも留めない様子でクラスの女の子たちとしゃべってる瑞季くんを視界の端に捉えると、また胸がズキッと痛んだ。
　保健室に着いて友香ちゃんが「気分が悪いみたいなんですけど……」と言うと、先生は優しく笑って中に入れてくれた。
　一番奥にあるベッドに私を座らせて、
「ここなら泣いても大丈夫だよ」

と言って背中をさすってくれる友香ちゃん。
「あさひ。矢代くんと過ごした時間が一番長いのはあさひだし、矢代くんのこと好きでいるのをやめたほうがいいとまでは言わないけど……ツラい時はかかえ込まないで、ちゃんと言ってね？」
　その優しい声に涙がボロボロこぼれて止まらなくて。
　あきれるほど泣き虫な自分がイヤになる。
　好きな人にきらいって言われるのがツラいなんてわかっていたけど、冷たい表情であらためてそう言われると、胸の奥が張り裂けそうに痛い。
　下の名前で呼んでくれたからって。
　少し優しくされたからって。
　それで期待した分、なおさら。
　5分ほどしてホームルーム開始の時間が近づき「あたしはそろそろ戻るね。先生にはうまく言っておくから」と友香ちゃんが立ちあがった。
「落ち着くまでここにいなよー？」
　そんな言葉を残して保健室を出ていく。
　おさまってきた涙をぬぐって、ベッドでひとり考え込んでいるうちに、いつの間にか眠ってしまっていた……。

「──中瀬さん」
　先生に名前を呼ばれて起こされた時には、時計の針は12時45分になっていた。
　予想以上の時間眠ってしまったことに驚いて、急いで

ベッドから降りる。
「すみません、ベッドありがとうございました……っ」
「いいえ。もう大丈夫？」
「はい……ありがとうございます」

　眠って少し落ち着いたけど、まだ胸には鈍い痛みが残っていた。

　きっと顔色がひどかったから心配してくれたのだろうけど、病気でもない私に長時間ベッドを使わせてくれた上に優しい言葉をかけてくれる先生。

　感謝の気持ちと申し訳なさでいっぱいになり、もう一度深くお辞儀をして保健室をあとにした。

　12時45分ということは、まだ昼休みが始まったばかり。

　どのクラスからもにぎやかな声が聞こえてくる。

　廊下を進みながら、友香ちゃんが待ってる教室にはやく戻ろうと自然と早足になる。

　そんな中、私が足を止めたのは教室棟に続く渡り廊下のつきあたりにある、非常階段の前だった。

　ここからはギリギリ死角になる、少し出っ張った壁の向こう側。

　なにやら、人の話し声が聞こえてきて。

　誰かが立ち話をしているんだろうと、たいして気にも留めずに再び足を踏み出そうとすれば。

「……瑞季……っ」

　私の耳に届いたのは、甘い、女の子の声だった。

　見てはいけないと思った。

見てしまったら自分が傷ついてしまうって確信があった。

だけど無理なんだ。

瑞季くんだから。

瑞季くんのことになると、自分の意志とは関係なく体が動いちゃうから。

——案の定。

立ち位置をずらして1歩踏み込むと、目に飛び込んできた"ふたり"の姿に息をのんだ。

瑞季くんと、その向かいに、ひとりの女の子。

ここからだと顔は見えないけれど、やわらかそうな髪がふわりと巻かれていて、雰囲気からしてかわいい子だとわかる。

瑞季くんが女の子に触れてる。

やさしい手つきで触れてる。

抱きしめるように片方の手を腰に回していて、女の子の長い髪が瑞季くんの肩に当たってる。

そのくらい近い距離。

……はやく、立ち去らないと。

まだ気づかれていない。

だけど、足がその場に貼り付いたように動かなくて、少しでも気を抜くと、力が抜けてその場に座り込んでしまいそう。

一歩……あと一歩だけさがれば、完全にあっちからも死角になるのに。

静かに息を吐こうとすれば、唇がふるえた。
「瑞季……もっかい……」
　女の子の口から吐息のような甘い声がもれたあと、自然な流れで唇が重なった。
　妙に冷静な頭の中で、なんだ、そういうことかって納得する自分がいて。
　でも、心の中はぐちゃぐちゃでどろどろしてて。
　ショックだった。心が壊れてしまいそうなほど。
　瑞季くんが女の子からわずかに離れて「またね」と言うのが聞こえて、あわてて背を向けた私。
　すると数秒後、
「——のぞき見」
　ドン、と心臓が跳ねた。
「俺が気づいてないとでも思った？」
　その場から逃げ出そうとしていた私の背後から飛んできたのは、笑いを含んだ声。
　瑞季くんの足音が廊下に響いて、近づいてくる。
　振り返ることもできずにその場に固まって、自分のふるえた呼吸音を聞いた。
「お前のせいで気分そがれた。せっかくいーとこだったのに、最悪」
　冷ややかな声。
　わざわざこんな文句を言うためだけに、瑞季くんは私のそばに来たんだろうか。
　しかも、私が見てることに気づいてたなんて。

気づいてて、キスしてたの……？
　ぎゅうっと胸の奥のほうが苦しくて、言葉が全然出てこない。
「……なんで下向いてんの。勝手にのぞいてごめんなさいも言えないの？」
「……っ」
「黙ってないでこっち向けって」
　ひどく乱暴に肩をつかまれた。
　抵抗するヒマもなく、瑞季くんと向かい合わされる。
　──あ。
　って思った時にはもう遅い。
　触れられたことに対するとまどいで、緊張の糸が一瞬でプツンと切れた。
　とっさに顔を隠そうと覆った手は、瑞季くんによっていとも簡単に振りほどかれる。
「……は？　なんで泣く……」
　落ちてきたのは、予想どおりの声音。
　面倒くさそうで、不機嫌で、あきれた声。
　露骨に迷惑そうな表情をして目を背けられた。
　ああ、終わった。
　瑞季くんに見られてしまった。
　一番、見られたくない涙。
　好きだからこそあふれてくるこの涙は、隠さなきゃいけない。
　だって、瑞季くんは私のことがきらいなんだから。

お願い、なにも言わないで。
　面倒くさそうにため息なんか吐かないで。
「……俺が泣かせてるみたいだろ。最悪」
　それなら、はやく離れればいい。
　私なんかに構ってないで、とっとと、どっかに行っちゃえばいいのに。
　そうしたら私も、ひとりになって気持ちの整理ができるのに。
　そもそも、学校で話しかけるなって言ったのは瑞季くんなのに……。
「ねぇ、瑞季くん」
　うつむいたまま、涙声で名前を呼ぶ。
「この前の木曜日に一緒に帰ったのは……もしかして私の夢だったのかな」
「……は？」
「瑞季くんが私に優しくしてくれるはずなんて、ないよね。あんなに優しく、私に話しかけてくれるわけ——」
「言っただろ」
「えっ？」
　私の言葉をさえぎった低い声。
　瑞季くんは顔を不機嫌そうに歪めていた。
「あれが最後だって」
　……最後。
　最後だなんて、そんなこと言われたっけ……と思い出してみる。

そういえば『今日だけだから』って、言ってた……。
　最後って、私と一緒に帰ってくれるのが？
　あんなふうに優しく話してくれるのが？
　私の名前を呼んでくれるのが？
　もう全部、してくれないのかな。
　じゃあ、なんであの時抱きしめてくれたの……？
　わかんない。瑞季くん。
　廊下の曲がり角の奥のほうから、笑い声が混ざった女の子たちのはしゃいだ声が聞こえてきた。
　それはこちらに段々と近づいてきていて、あと数秒後には私たちが見える位置まで来てしまう。
　瑞季くんと学校で話すことを禁止されている私。
　今回、話しかけてきたのは瑞季くんのほうだけど、離れたほうがいいのかな……と。
　私がそう思うより一瞬先に、瑞季くんがくるりと背を向けた。
　その直後、鋭い舌打ちが聞こえて。
「お前のせいで、」
　と、背を向けたまま瑞季くんが言った。
　一瞬、間が空いたあと、言葉を続ける。
「お前がいるせいで俺は──」
　冷たいセリフとは裏腹に、声色はなぜかさみしげで消え入りそうで。
　苦しそうに吐き出されたその言葉は、角を曲がってきた女の子たちの笑い声によってかき消されてしまった。

……今、なんて言ったの?
　聞き返すために背中を追いかけようとした。
　だけど、
「あっ、矢代くんだ!」
「今教室帰り?　うちらと一緒に行こ〜」
　明るい声が私を追いこしていく。
　目の前にあったはずの背中が一気に遠くなった。
　再びこっちを振り返った瑞季くんの視界に私は映っていなくて。
　私には決して見せてくれない優しい笑顔で女の子たちの声に応じていた。
　……舌打ちなんて瑞季くんらしくない。
　いつも冷静で、完璧な瑞季くん。
　焦っているように見えたのは気のせいなのかな……。
『お前のせい』
　私の、せい……。
　私は瑞季くんに、自分が思ってる以上に恨まれてるのかもしれない。
　でも、どうして……?
　考えても考えてもわからなかった。
　瑞季くんの舌打ちと、さみしげな声がいつまでも耳の奥に残っていた。

第2章

葛西(かさい)くん

　瑞季くんのキス現場を見てしまった日から１週間。
　あの日から、瑞季くんが不特定多数の女の子と一緒にいるところをよく見かけるようになった。
　もともとのすごくモテていた瑞季くんは、いつもたくさんの女の子から熱い視線を送られていたけど、誘いを受けるようなことはしていなかったと思う。
　誰かと付き合ったりとか、一緒に帰ったりとかいうようなことは。
　少なくとも、私が知っている瑞季くんはそう。
　だから……女の子とキスしていた時、驚いたんだ。
　そして納得した。
　瑞季くんに好きな人ができたんだ……って。
　でも、あれから時折聞こえてくる噂によれば、一緒に遊びに行ったりしている女の子は特定の彼女ではないらしい。
　それを聞いた時は複雑な気持ちになった。
　キスをしていたのも"彼女"ではない。
　彼女でもない子と、キスをする瑞季くん。
　どうして急に変わってしまったの……？
「矢代くん、今日、買い物に付き合ってほしいんだけど、どうかな……？　行きたいカフェもあるんだよね」
　今も、そんなお誘いに愛想よくうなずいてる。

瑞季くんの変化に頭がついていかない。
「終礼始める前に窓開けろー。寒いだろうけど換気(かんき)は大事だぞ」
　ドアを開けて入ってきた先生のそんな言葉で窓側の席の生徒が数人、渋々席を立ったけれど、寒くなるのがやっぱりイヤなのか、みんなほんの20センチくらいだけ開けて再び席につく。
　窓側の席の人は、こんな時かわいそう。
　でも昼間は日差しが当たって、あったかそうに授業を受けてるからうらやましいなあ、なんて考えていると。
　窓に近い人たちが「寒っ!!」と肩をふるわせた数秒後、私のところにも冷気が流れてきて、体がぶるっとふるえた。
　日直の号令がかかって起立、礼をしたあと、先生の話をうわの空で聞いていたらいつの間にか終礼は終わっていて、
「矢代くん、はやく行こ！」
　という女の子の声で我に返る。
　反射的に声がしたほうに視線を向けてしまいそうになるのをどうにか耐え、机の上に視線を落とす。
　ななめ前で瑞季くんが席を立つのが気配でわかった。
「ねえ矢代くん。今日は何時まで付き合ってくれる？」
「俺はべつに何時まででも大丈夫だけど、北野(きたの)さんは門限とかあるの？」
「よかった！　うちは門限とかないから遅くまで遊べるね」
「……そうだね。本当に遅くなった時は家まで送るから」

「いいの？　嬉しい！」
　ワントーンあがった、嬉しそうな声。
　すごく喜んでる顔が目に浮かぶ。
　──北野さん。
　北野美結ちゃん。
　クラスで目立つタイプの、明るい子。
　ちょっと猫目な二重で小悪魔っぽいかわいさがあって、ショートボブの髪はいつ見てもやわらかそう。
　まちがいなく、誰が見てもかわいい女の子だ。
　たしかこの前、3年生のイケメンの彼氏と別れたって話を聞いた気がする。
　今は瑞季くんのことが好きなのかな……？
　ゆくゆくは瑞季くんの彼女になっちゃったり、するのかな……。
　ズシンと、なにか重たいものがのしかかったような苦しさを感じた。
「あさひー、帰ろ？」
　友香ちゃんが机の前にやってきて顔をのぞき込んでくる。
　横目で瑞季くんと美結ちゃんが教室から出ていったのを確認してから、私も席を立った。
　──と。
　カバンを肩にかけて教室を出ようと歩きはじめたところで、なにか青い物が床に落ちているのが目に入った。
　あやうく踏んでしまいそうになり、あわてて立ち止まる。

焦点を合わせると、それは青いハンカチだということがわかり。
　同時にドクンと心臓が鳴る。
「これ……瑞季くんのだ」
　落ちていたのは瑞季くんの机の横の通路。
　まちがいない。
　この前、泣いてる私に押し付けられたハンカチがこれと同じものだった。
　スマホをポケットから取り出す際に、はずみで落っこちてしまったのかもしれない。
　ゆっくりとかがんで拾いあげる。
「矢代くんのなの？」
「うん……」
「だったら急いで追いかけないと。矢代くんもう教室出てっちゃってるよ？」
「そ、そうだよね」
　……でも、私が追いかけたらどうなるんだろう。
　学校では話しかけるなって言われてるし、この前だって怒らせてしまった。
　そもそも私は、瑞季くんにきらわれている……。
　その場に固まってぐだぐだ悩んでいると、
「ああーっ、じれったいなぁ!!　また傷つくくらいなら接点もたないほうがいいと思うけど……気になるなら、さっとすませて戻ってきなよ」
　友香ちゃんが怒ったみたいな声を出して、私の腕を乱暴

にひっぱって歩きだした。
　早足だしひっぱる力がものすごく強いから、危うく転んでしまいそうになる。
「ほらっ、見えた！　下駄箱のとこ!!　あたしここで待ってるから行ってきな!!」
　最終的に背中をバシッと勢いよくたたかれて、下駄箱へと続く廊下に押し出された。
　やっぱりいやだって言っても、友香ちゃんは戻ることを許してくれなさそうだったから、渋々瑞季くんと美結ちゃんの背中を追いかけることにした。
　だけど、瑞季くんと美結ちゃんの楽しそうに話しながら歩いてる姿を見ていると、気分と一緒に足取りも重くなっていく。
　なかなか縮まらない、私とふたりの距離。
　ふたりが下駄箱から出ていってしまったあとで、あわてて私もローファーに履き替える。
　前を歩くふたりを見つめて、瑞季くんのハンカチを両手でギュッと握りしめた。
　チラッとうしろを振り返ると、友香ちゃんが『はやく行け！』と言うように手で合図してきたから、覚悟を決めて、えいっと駆け出す。
　ようやくふたりに追いつこうとした時、ふいにこっちを振り向いた美結ちゃんと目が合った。
「あれっ、あさひちゃんだ！　どうしたの？」
　大きな目をぱちくりとさせて、不思議そうに首をかしげ

る美結ちゃん。
　その言葉に、となりに立つ瑞季くんの肩がわずかにあがったのがわかった。
「あっ、ちょっと……み、瑞季くんに用があって……」
　しどろもどろになりながらも、なんとか言葉を発する。
　そして、ようやくこちらを振り向いた瑞季くんと、視線がぶつかった。
　──かと思いきや。
「なに？」
　低い声とともに、瑞季くんの黒い影が私に重なった。
　刺すような瞳で私を見つめてくる。
　あまりの緊張ですぐに言葉を出せずにいると、もう一歩、責めるように距離を縮めてきた。
　吐息がかかるくらいの位置まで顔を寄せられて、あまりの近さに頭が軽くパニックを起こす。
　まさかこんな状況になるとは想像もしていなかったから、すぐに言葉も出てこない。
「学校で話しかけんなっつっただろ」
　耳もとで低い声がそう言った。
「それと名前」
「えっ？」
「呼ぶなよ。イライラする」
「ご、ごめんなさい……」
　……無意識だった。
　学校では矢代くんって呼ばなきゃいけないのわかってた

のに……。
　不機嫌な瑞季くん。
　それもそのはず。
　きらいな幼なじみに、美結ちゃんとの時間を邪魔されたんだから。
　さっき瑞季くんが距離を詰めてきてビックリしたけど、その理由がだんだんとわかってきた。
　美結ちゃんに聞こえないようにしてるんだ。
　私に対する言葉遣いとか態度で、王子様キャラが崩れてしまわないように。
「……で、用ってなに」
「あっ、えっと……」
　聞かれて、急いでハンカチを差し出そうとすると。
「──ねぇ、さっきからなに話してるの～？」
　少し離れた場所で私たちのことを見てたはずの美結ちゃんが、ふいに間から顔をのぞかせた。
「ふたりって仲よかったっけ……？」
　そんなことを聞かれて固まってしまう。
　なんだか訝しげに私を見つめてくる美結ちゃん。
「……べつに中瀬さんとはなんでもないよ」
　私がなにか言う前に瑞季くんが否定した。
　その直後、
「ていうか、ごめんね北野さん。待たせて。そろそろ行こうか？」
　私に背を向けた瑞季くんが、美結ちゃんに優しく笑いか

けた。
　それに嬉しそうにうなずいた美結ちゃんが、瑞季くんの腕をとって歩きだす。
「あさひちゃん、また明日ね！」
　差し出しかけたハンカチには気づいてもらえないまま、また距離が遠ざかっていく。
　私に冷たい瑞季くん。
　他の女の子には優しい瑞季くん。
　きらわれてるんだから、仕方ない。
　だけどせっかくここまで追いかけてきたんだから、渡さないと……。
「や……、矢代くん待って……！」
　今度は言いつけどおり、苗字で呼んで引き止めた。
　無視されるのが怖くて、瑞季くんの手首をつかむ。
　寒いのに、なぜか手袋をしてない瑞季くん。
　ひやりと冷たい体温が伝わった。
　瑞季くんが驚いた顔で振り返る。
　その直後、
「……っ、触んな」
　パンっと、手を振り払われた。
　その反動で、持っていたハンカチがひらりと地面に落っこちる。
　瑞季くんの瞳がそれを捉えたのがわかった。
　ハッとしたような表情をしたかと思うと、私が動くより先にすばやくハンカチを拾い、瑞季くんはそれを乱暴にポ

ケットに押し込んだ。
　そして、瑞季くんは目を丸くしている美結ちゃんにもう一度優しく笑いかけてから、歩き出した。

　瑞季くん、きっと怒ってる。
　私のせいで、美結ちゃんにあんなところを見られてしまったから。
　学校で、人がいるところで話しかけてしまった。
　下の名前で呼んでしまった。
　言いつけ守れなくて、ごめんなさい……。
　でもね、瑞季くん。
　私はただ、瑞季くんが落としたハンカチを届けに来ただけなんだよ……。
　なにも言わずに行っちゃうなんてひどいよ。
　瑞季くんが私のこときらいなのは、知ってる。
　いやってくらいわかってる。
　それなのに『ありがとう』って笑いかけてくれるのを心のどこかで期待してしまってた私は、やっぱりバカなのかな……？

　──瑞季くんがわからない。
　"矢代瑞季"は頭がよくて、格好よくて、お金持ちで、優しくて。
　みんなの中で、本当に王子様みたいな存在で。
　そのイメージを崩すようなことは、いっさいしなくて。

でも、幼なじみの私のことはきらいで、私の前では冷たくて、口も悪くて、王子様とはかけ離れた態度をとって。
　それなのに、あの時は──。
『一緒に帰ろうか』って言ってくれた日の瑞季くんは、私と一緒にいるのにすごく優しくて、みんなの王子様的な瑞季くんで。
　……本当の瑞季くんはどっちなのか、わからなくなってる。
　二重人格とでも言えるような態度のちがいにとまどって。
　幼い頃、私といつも一緒にいた瑞季くんがどんな男の子だったかすらも、もう思い出せなくなっていた──。

　暗い気持ちのまま家に帰り、すぐさまベッドに倒れ込んだ。
　考えたくないのに、さっきの出来事が頭から離れてくれない。
　眠いわけじゃないけど、なにもする気が起こらず。
　ぼんやりと眺めていた天井から視線を移すと、本棚の中のアルバムに目が留まった。
　……そうだ、写真。
　ふと思いたって、ベッドから体を起こす。
　小学校の頃のアルバムには、ちゃんとのっているはずだ。
　……仲がよかったころの、瑞季くんと私の写真が。
　少し埃をかぶったそのアルバムに触れると、まだ開いて

もいないのに妙な緊張感に襲われた。
　ゆっくりとページをめくる。
　最初のページから順番に見ていくと、瑞季くんと一緒に写っているものがやっぱり一番多くて、なつかしさと同時に切なさもこみあげてきた。
　桜の下で並んで写っている、入学式の写真。
　夏祭りでおそろいの戦隊ヒーローの仮面をかぶっている写真。
　運動会でとなりに座ってお弁当を食べている写真。
　雪だるまを作って遊んでいる写真。
　ページをめくるごとに季節も学年も変わって……。
　５年生のページにきたところで、私は手を止めた。
　だって、あまりにも写真が少なかったから。
　飛ばしてしまったのかと思い、もう一度前のページに戻ってみても結果は同じ。
　４年生までの写真はこれでもかってくらいたくさんあるのに、突然——。
　……どうして？
　ページが破れているわけでもない。
　５年生の時のことを思い出そうと頭を巡らせるけど、もやがかかったみたいに浮かんでこない。
　記憶って、こんなに思い出せないものだったっけ？
　小学校時代は、いつも一緒にいたはずなのに……。
　頭が鈍く痛んだ。
　小５の時の、出来事……。

すると突然。
一瞬、なにかが頭の中でフラッシュバックした。

『——いらない』

今よりもまだ幼い……瑞季くんの声。
なにかを渡そうとする私を拒絶する言葉。

なに、これ。
その断片的によみがえってきた記憶が私の胸を締めつける。
渡すって、なにを……。
必死に記憶をたどろうとしてみるけれど、どうしても思い出せない。
ただ、わかるのは。
私は小学校の時にも一度、瑞季くんに拒まれたことがあるかもしれないということ。
でも、その決定的な出来事がなんなのか思い出せないまま、一日が終わった。

「そーいえば明日ね、大雨だって。集中豪雨」
　木曜日のお昼休み。
　となりでお弁当を食べていた友香ちゃんが、思い出したようにそう言った。
「集中豪雨？　今、冬なのに？」

「なんかねぇ、寒冷前線が南下して温帯低気圧が通過するっていう原理？らしい」
　寒冷前線とかいまいちよくわからないけど、とにかく、冬に集中豪雨ってめずらしい気がする。
　今夜のうちからいろいろ用意しておく必要がある。
　傘はもちろんだけど、いつもより大きめのタオルとか、替えの靴下とか。
　……雨って言えば。
　小さい頃、梅雨の時期に瑞季くんとふたりで帰っていたことを思い出した。
　私が傘を忘れて瑞季くんは自分のに入れてくれてたのに、傘が小さかったせいで、いつの間にかふたりとも濡れてしまっていたんだ。
　そんなふうに瑞季くんが優しかったころの出来事を思い出すと、よりいっそう昨日の冷たい態度に胸が締めつけられてしまう。
　ふと瑞季くんの席のほうに視線を移してみれば、案の定、大勢の女の子に囲まれていた。
　となりのクラスの女の子も数人混ざっている。
　その中に、なんだかつまらなさそうな顔をした山崎くんもいた。
　ぼんやりと見つめていると、ふと山崎くんと目が合って固まってしまう。
　探るような目つきで、なにか言いたそうに見えた。
　私は、瑞季くんを囲む女の子たちを見てモヤモヤしてい

ることに気づかれたくなくて、思わず目をそらしてしまった。
　女の子に対するガードがなくなった瑞季くんは、また、遠くなってしまった。
　視線を戻して、こぼれそうになった溜め息を飲みこむ。
　すると。
「中瀬あさひ……さんて、このクラス？」
　教室のドアが開いたと同時に、ひとりの男子生徒が顔をのぞかせた。
　すらりとした長身。
　遊ばせた髪は明るくて、制服の着こなしもずいぶんとゆるい。
　クラス中の視線が一気に私に集まる。
　そして、一部の女の子たちから悲鳴のような声があがった。
　ドアのところに立ってキョロキョロと教室を見渡してるその男子生徒を、私は見たことはあるものの、名前もなにも知らなくて。
　相手もたしかに私の名前を呼んだけれど、一瞬目が合ったにもかかわらず、なんの反応も示さなかったから"中瀬あさひ"の顔は、たぶん知らないでやってきたんだろう。
　とまどって、どうしようかとオロオロしていると、
「あさひ、呼ばれてるよ？」
　友香ちゃんに顔をのぞき込まれてビクッとする。
「う、うん。でも私あの人のこと知らない……」

「はあ!?　……あんな有名人を……まったく、あさひはこれだから……」
　ゆ、有名人……？
　ますますパニックだ。
「あの、中瀬さんもしかして休み……？　それとも俺、クラスまちがった？」
　もう一度名前を呼ばれて、
「は、はい……！　私、です」
　と、反射的に席を立つ。
　ちょうどその時、視界の端に映っていた瑞季くんが、同じタイミングで席を立ったのがわかった。
　ドキッとする。
　ドアに近い席に座っていた瑞季くんは、私より先にその男子生徒の前に立った。
「……そこ、通りたいんだけど」
　と、男子生徒に向かってひと言。
「ああ……矢代。悪い」
　そう言いながら男子生徒が隅に寄る。
　私はなぜかドキドキして、自然とうつむいてしまう。
　今、矢代って言った。
　知り合い……？
　でも瑞季くんは有名人だから、名前を知らない人のほうが少ないし……。
「……矢代？　通らねえの？」
　ちょっと間が開いて、相手が少し怪訝そうな声を出した。

再び視線をあげてふたりを見る。
　道を空けてもらったというのに、瑞季くんはその場から動かない。
　教室の入り口で、立ったまま向かいあうふたり。
　背中を見つめていると、ふいに瑞季くんがうしろを振り返って私を見た。
　一瞬だったけど、たしかに、しっかりと私を捉えたあとに、また相手と向かいあう。
「中瀬さんになんの用なの？　葛西」
　とくに感情のこもらない声で、瑞季くんが相手にそうたずねた。
　瑞季くんがどうしてそんなことを聞くのかわからない。
　胸がまたドキッとした。
　わざわざ、みんなの前で私の名前を出すなんて。
　聞かれた男子生徒──葛西くんは、ちょっと不思議そうに首をかしげる。
「なにって……となりのクラスの化学係を連れてこいって言われたんだよ、せんせーに」
「……そうなんだ」
「うん」
「それならべつにいい」
「は？」
「じゃーまたね、葛西」
　ひらりと手を振って、瑞季くんはそのまま教室を出ていく。

葛西くんと私は、そこでようやく目が合った。
「あ、えっと……中瀬あさひちゃん？」
　軽く笑いかけられた。
　初対面なのに、堅苦しさなんて微塵も感じさせない人なつっこい笑顔。
　チャラチャラしてて、少し苦手だと思った。
「は、はい」
　突然『ちゃん』付けで呼ばれたことに驚きながらも、返事をして1歩前に出る。
「俺、となりの組の葛西。えっと、悪いんだけど……」
「……？」
「ちょっと女の子らの視線痛いから、廊下に出ない？」
　そう言われて振り向けば、さっきまで瑞季くんと一緒にお弁当を食べていた女の子たちが、みんなこっちを見ていた。
　美結ちゃんもいる。
　葛西くんて、そんなに有名人なの……？
　うながされるまま廊下に出てそっとドアを閉めた直後、
「矢代と仲いいの？」
　と、顔をのぞき込まれた。
　ふわりとスイーツのような甘い香りがした。
　意外そうな顔。
『矢代と仲いいの？』って。
　瑞季くんみたいな華がある人と、クラスではおとなしくて地味な私がつながってるのは、やっぱりみんな、違和感

あるんだろうな。
「仲よくなんか、全然」
「へーえ、そうなんだ……？」
　なんだかニヤリと口角をあげて楽しそうな葛西くん。
「葛西くんこそ、矢代くんと仲いいの？」
　これ以上突っ込まれるのはなんだか危険な気がして、今度はこちら側から質問を投げてみた。
「んー、仲いいっていうか……友だち……ではないな。つながり的には、もっと深いっちゃ深いような……うん」
　友だちより深い……。
　それ以上……？
　それって……。
「そんなんじゃねーよ？」
「えっ」
「あさひちゃん、今なんかヤバイこと考えたでしょ」
「ええっ、えっと……」
　心の中、読まれた。
　いやっ、いやいやいや！
　本気でそんなこと思ったわけじゃないんだけど!!
　ちょっと想像してみただけ……。
　恥(は)ずかしさに、カアっと顔が熱くなる。
「矢代がどうかは知らないけど、俺は女の子好きだよ」
「う、うん。大丈夫！　わかってます!!」
　必死でコクコクうなずくと、葛西くんはぶはっと吹(ふ)き出した。

「真っ赤になってるし。かわいい」
「……っ」
　そんな、かわいいとか言われたら。
　まったく本気になんてしないけど、男の人に免疫がないからドキドキしてしまう。
　葛西くんは軽い人だ、きっと。
　だってほら、見た目も、制服は全体的にゆるいし、ミルクティーみたいな色の髪を遊ばせてるし。
　人のこと、いきなり『ちゃん』付けで呼ぶし。
「でもさ、前髪ちょっと長くない？」
　ふいに、葛西くんの手がおでこあたりに伸びてくる。
　ビックリして息も動作も止まってしまった。
「あげたらきっと、もっとかわいいと思うんだけど」
　顔が少しだけ近づいて、またさっきの甘い香りがしたかと思うと視線がぶつかった。
　私は葛西くんの瞳の中にはっきりと捉えられた。
　思わず目を閉じる。
　彼の指先が前髪に触れたのがわかって、ビクッと肩があがってしまう。
「目、開けてみ……？」
　優しくてしびれるような甘い声に、自然と従ってしまう。
「……ん。ほら、やっぱりかわいい」
　――ドクン。
　目を開けた瞬間、正面にあった優しい微笑みに胸が変な音を立てた。

落ち着け、と、そっと手を当ててみる。
これは……モテるんだろうなぁ。
ううん、実際モテてるんだよね。
さっきの女の子たちの熱い視線を思い出す。
「……うん？　どうかした？」
　なんて、ニコニコ笑顔で聞いてくる葛西くんは、私が今ドキドキしてることを絶対知ってる。
「……ううん、なんでもない。それより、用事って？」
　さりげなく葛西くんから距離をとって、もとの話題に戻した。
　危なかった。
　計算された甘いワナにかかってしまうところだった。
　きっと葛西くんはこうやって、何人もの女の子たちをトリコにしてるんだろうなぁ。
　この一瞬のドキドキを恋だと勘ちがいしてしまう子はきっと多い。
「……あさひちゃんて、思ったより隙ないのな」
「えっ？」
「んーん、なんにも」
「……」
「そんで、係の話に戻るけど──」
　葛西くんはそう言いながら、くるりと背中を向けた。
　首のうしろで腕を組んで歩き始める。
　歩き方までも飄々としてて、やっぱりチャラチャラしてるように感じてしまう。

「来週の化学が、俺たちのクラスと合同って聞いてる？」
「……あ、うん」
　そういえば前回の授業でそんなこと言ってた気がする。
　忘れていた私はもうちょっと化学係って自覚を持ったほうがいいのかもしれないけど、化学係ってぶっちゃけ名前だけで、今までは仕事らしい仕事などなかった。
「そんでね、その実験で使う道具が今日届いたらしくて、それを運べって言われたの」
　……荷物運び。
　葛西くんとふたりで？
「今、一時的に事務室に置いてるらしいから、それを取りに行かなきゃいけねーんだけど……」
「……」
「もうすぐ昼休み終わっちゃうよなって」
「あっ」
　廊下の時計は、昼休み終了5分前を指していた。
「ちょっと急ぐか」
「う、うん」
「ごめんな？　俺が呼びに来るの遅かったからさ」
　そう言いながらも彼はのん気にポケットからスマホを取り出して、もう片方の手をポケットの中へしまう。
　電話が掛かってきたみたいだ。
「はぁ〜〜？　"掃除当番変わって"？　ざっけんなよ、マジで……」
　スマホを握りしめながら、心底イヤそうな顔をしてる葛

西くん。
　口、悪そう。
　女の子には甘い言葉を吐いてるみたいだけど、なんだか葛西くんはちょっと怖い。
　耳にだって、ピアスが何個も光ってる。
　きっと不良だ。
「おっせえええよ、お前ら……」
　事務室のドアの手前で、私たちを呼び出した本人──化学の白井先生が壁に寄りかかるようにして立っていた。
　やる気のない表情でこちらを見おろしてくる。
　休憩時間は必ずと言っていいほど煙草をくわえているイメージしかない先生。
　授業中だって『めんどくせぇ』が口癖で。
　全体的にゆるそうな雰囲気は、葛西くんにちょっと似ている気がした。
「俺を何分待たせるんだ？」
「ごめんね、先生。でも遅れたのは俺のせいで、中瀬さんは悪くないからね」
「そうか。じゃあお前グラウンド150周な」
「ええーっそれは死ぬ！　せっかく食べた弁当吐いちゃうよ僕」
「はいはい。葛西の平常点引いとくからな」
「ごめんって！　今から急いで運ぶからさ？」
　ふたりのテンポのいい会話を少し離れた場所に立って聞いていると、葛西くんがこっちにおいで、というように手

招きをしてきた。
「見てよ？　あさひちゃん。やべーほど量あるよこれ‼
白井せんせ鬼畜じゃね？」
　見るとたしかに、段ボールが4段、山積みになっている。
　これをふたりで運べというのはさすがにきついんじゃないかと思う。
　そう思ったのと同時に、キーンコーン……と昼休み終了を知らせるチャイムが鳴ってしまった。
「あー終わったし。どうすんのさ、これ」
　ため息をついた葛西くんに「お前が遅かったせいだ」と、すかさず先生がチョップを食らわす。
「俺、次授業入ってんだよ……ってことで、お前ら今日の放課後これやっとけよ」
「ええっ放課後!?　俺カラオケが……じゃなくて、バイトが！　ある‼」
「はいはい。じゃあよろしく」
「は!?　ちょっと、白井せんせぇ……」
「ちなみに俺、今日は定時で帰るからふたりでがんばってくれよな」
　そう言い残して去っていく先生。
　葛西くんはがっくりと肩を落としている。
「あの……葛西くん。放課後用事あるなら私がやっとくよ？友達に手伝ってもらったりして」
　あまりにも気を落としてるみたいだから、ついそんなことを口走ってしまった。

だけど、彼は首を横に振る。
「あさひちゃんは優しいね。でも俺はかわいい子にそんなことさせらんない」
「……」
「逆に、むしろ……」
　じっと見つめられる。
　葛西くんの瞳がしっかりと私をとらえて離さない。
　恥ずかしくなって、少しだけ視線を伏せた。
「あさひちゃんとふたりきりになれるの、嬉しいよ」
　トーンが変わって、少し低めの、ささやくような声。
　胸の奥がくすぐられたような感じになった。
　かわいい子、なんて。
　いちいちそんな言葉にひっかかるなんてバカみたい。
　本気じゃないってわかってるのに、言われ慣れない言葉にドキドキする。
「じゃあまた、放課後ね」
　そんなセリフに、黙ってうなずくことしかできなかった。

　それは、終礼が終わってまもなくのこと。
「起立ー」と号令がかかり、みんなが一斉に席を立ってバラバラと頭をさげたあと、慌ただしくドアをスライドさせる音が教室に響いた。
「あさひちゃんいる？」
　担任の先生と入れ替わりで入ってきたその男子生徒に、みんなの視線が一気に集まる。

昼休みとはちがって、すぐさま私の姿をとらえた葛西くんは、大股でこちらに歩み寄ってきた。
　クラスのみんなの視線を浴びて、目立つのがあまり好きじゃない私は混乱する。
「やっほ。さっきぶり！」
　なんて気安く笑いかけてくるけど。
「迎えに来るとか、聞いてない……」
「え、言わなかったっけ？」
「言ってないよ」
「そうだっけ？　それよりさ……」
　ぐっ、と顔を近づけられた。
　甘い匂い。
　無意識に緊張してるのか、くらっときた。
　葛西くんは私の耳もとで小さくささやく。
「──矢代が、俺をにらんでる気がするのは気のせいかな」
　……えっ？
　とっさに振り向くけど、瑞季くんはこちらに背中を向けていて、女の子たちの相手をしている。
　私のほうなんてちらりとも見てこない。
「……ま、いいや。事務室行こ、あさひちゃん」
「あ、うん……」
　葛西くんに促されて、うなずく。
「ごめん。今から係の仕事があって……。先に帰ってて？」
　友香ちゃんにそう言い残して教室を出た。
　なるべく目立たないように、葛西くんから少しだけ距離

をとる。
　帰っていく生徒たちとは逆方向に廊下を進みながら、彼の足もとを見つめて。
　……瑞季くんが葛西くんをにらんでた？
　瑞季くんは私たちに背を向けてたし、葛西くんの勘ちがいだとは思うんだけど……。
　そもそも、瑞季くんと葛西くんの関係って……？
　この前からずっと、いくら考えてもわからないことで頭を悩ませてばっかりだ。
「あさひちゃん、これひとりで持てる？」
　いつの間にか事務室に到着していて、段ボールをひとつ抱えた葛西くんが、それをそっと私に差し出してくる。
「重いから、無理そうなら言って。俺は1回に3箱が限界かな」
　私は両手でおそるおそる受け取る。
「……いい？　離すよ？」
　直後、両手にぐっと重力を感じた。
　だけど、思っていたほどの重さじゃない。
「これだったら私、あと1箱はいけると思う」
「ははっ、やめときなって。最初はよくてもあとから腕がしんどくなるよ。化学室まで、けっこう距離あるしさ」
「うっ、たしかに……」
　階段をあがったりすることを考えると、1個ずつのほうがいいかもしれない。
　化学の実験道具だし、落として壊したりしたら大変。

「じゃあ、葛西くんも1回に3つなんてやめたほうがいいんじゃ……」
「俺はだいじょーぶ。男だから」
　ゆるやかにあがる口角に、妙に色っぽさを感じる笑い方。
　女の子が騒ぐのも、わかる……。
　落とさないように気をつけながら、葛西くんとふたり、段ボール箱を運ぶ。
「よっ、と」
　片足を器用に使って、葛西くんが化学室のドアをスライドさせた。
　なぜかすべての遮光(しゃこう)カーテンがしまっていて、室内は真っ暗。
　廊下から入ってくる光でどうにか机の輪郭(りんかく)を確認してから、その上にいったん段ボール箱を置いた。
　先に荷物をおろした葛西くんが電気スイッチに手を伸ばす。
　……だけど。
「あ、だめだ」
「えっ?」
「ん、これ見てみ」
　スイッチの下に、なにやら貼り紙があって。
　目を凝(こ)らしてよく見てみると、
『※観察実験中!!　電気つけるな』
　という手書きの文字が。
「あー……そういや実験用の暗室が使えなくなったって聞

いた気がするわ」
　それで遮光カーテン全閉めで、仕方なくここで実験をしてるってこと……？
「たぶん白井せんせーの個人的な実験だよ。あの人、化学室を私物化してっから」
　そう言ってため息をつく葛西くん。
「白井先生のこと、ずいぶんと詳しいんだね」
「ん、まあね。昔からの知り合い。じゃないと化学係なんてぜってぇやんねーし」
　……昔からの知り合い。
　親戚とかかな？
　なんにせよ、葛西くんはいろいろと顔が広そう。
「まぁ、俺らが来週ここで実験する時には片してあるでしょ。土日はさむしね」
「そうだね……」
「……」
　ふっと沈黙が訪れた。
　暗い中、ふたりきりで立っていてなんだか気まずい。
　事務室にはまだ段ボールが残ってる。
　あと4～5回くらいは往復しないといけないだろうから、いつまでもここに留まってるわけにはいかない。
「葛西くん、そろそろ行――」
「あさひちゃん」
　私の声をさえぎるようにして名前を呼ばれる。
　静かな声。

ドキッとしたのもつかの間。
「えっ……葛西くん?」
　彼の手によって、化学室のドアが閉じられた……。
　どうしよう、真っ暗……!
「なんで閉めるの!?　なんにも見えないよ……」
「や、なんとなく……」
　なんとなく?　そんなの理由になってない。
　すぐ近くで声は聞こえるのに、目が暗闇(くらやみ)に慣れきってないせいで、葛西くんが今どんな顔をしてるのかわからない。
　ふざけてるのかな……?
　暗くして私を怖がらせようと思ってる?
　だとしたらひどいよ。
　暗いの、けっこう苦手なのに……。
「あさひちゃん行かないで」
　声がしたと同時に、手探りでドアに伸ばそうとした腕がつかまれた。
　直後、強い力で引っぱられる。
「……ふたりきりだから、ちょっと楽しいことしよ」
　甘い匂い。
　あったかい体温。
　私、今……抱きしめられてる。
　えっ?　いや、なんで……?
　数時間前に初会話した男の子に、抱きしめられてる。
　これは、おかしい。
「葛西くん……?」

「あさひちゃんのこと知りたい」
「えっ?」
「あさひちゃんは矢代のなんなの?」
「……っ」
　少しだけ葛西くんの腕の力が弱まった。
　暗い……けど、たしかに今、視線がぶつかってる。
「俺の勘ちがいだったら悪いんだけど、あさひちゃん、矢代のこと好きでしょ」
　葛西くんに聞こえるんじゃないかって思うくらい心臓が大きく脈打った。
「ちがうの……?　答えて」
　次の瞬間、再び距離が縮まったかと思うと、髪をするりと持ちあげられた。
　そして首筋にゆっくりと手を添えられる。
　ビクッと肩があがった。
「矢代はやめたほうがいいよ」
　耳もとでささやかれる。
　吐息がかかってぞくぞくする。
　近くて熱くて、思考が鈍っていく。
「たとえ、矢代の言う"あの子"があさひちゃんだったとしても……」
　突然出た瑞季くんの名前を聞いて、ちくり、と痛みが走った。
　葛西くんにどうして抱きしめられてるのかとか、なにを言われてるのか、とか。

なぜか全然、頭が回らなくて。
「俺のほうがいいよ。きっと」
　――泣かなくてすむから。
　葛西くんはそうささやくと私を抱きしめていた腕をほどき、すっと離れた。
「残りの荷物、取りに行こうか」
　そう言って何事もなかったかのように教室を出ようとする葛西くん。
　言葉の意味を聞きたいけれど、うまく声が出てこない。
　ぼうっと立ち尽くして動けずにいる私を振り返ると、葛西くんは意味ありげに微笑んだ――。

冷たい水

「いやだねー雨」
「……うん」
「でも思ったより降ってないね」
「……うん」
「ていうかさ、ここの答えなんになった？」
「……うん」
「……」

 ぼんやりと窓の外を見つめていると、突然、視界をなにかでさえぎられた。

 焦点を合わせてみると、それは友香ちゃんの手のひらで。
「あさひ、話聞いてた？」
「えっ。あっ……ごめん、ぼうっとしてた」
「もうーしっかりしてよ。朝からずっとこうなんだから」
「ちょっと寝不足で……」

 友香ちゃんは眉を寄せる。

 そして、顔を近づけてきて、小声でひとこと。
「また矢代くん？」

 ……瑞季くんではないけれど。

 全然関係ないわけでもない。

 『矢代はやめたほうがいい』って言った葛西くん。

 昨日の放課後、真っ暗な化学室の中で突然、抱きしめられた——。

なんで？　どうして？
　そんな言葉ばかりが頭に浮かんでくる。
　友香ちゃんに打ち明けようかと朝から何度も考えたけど、正直、自分でも心の整理がまだできてない。
　葛西くんは女の子の扱いなんてお手のもので慣れてるだろうから、私へのハグには挨拶くらいの意味しかないんだろうけど、どこか引っかかるものがある。
　葛西くんは私が瑞季くんのことを好きって見抜いてた。
　それに……。
『矢代の言う"あの子"が、あさひちゃんだったとしても』
　その言葉が頭から離れなくて。
　"あの子"って、いったい……。
　学校で瑞季くんと葛西くんが話してるところなんて見たことない。
　葛西くんは友達じゃないって言ってたけど、口ぶり的に、それ以上のなにか深いかかわりがあるみたいだった。
「……ねえ、友香ちゃん」
「ん？」
「葛西くんって、どんな人なの？」
　そう小声で尋ねると、友香ちゃんは一瞬固まって目を丸くした。
「なに、ついに葛西くんに興味出てきた？」
「う……興味っていうか。とにかく、どんな人なのかなぁって。人柄とか、人間関係とか……」
「ふ〜ん。あさひが男子のこと知りたがるなんてめずらし

いねぇ」
　にやっと口角をあげる友香ちゃん。
「ちょっと気になっただけ！　ほんのちょっと!!」
「へぇ。昨日の放課後、ふたり、なにかあったりして」
「っそ、そんなことないよ」
　そう答えながらも思わず目をそらしてしまう。
　友香ちゃん、けっこう鋭いところある。
「葛西くんね〜、最初に言っとくと、矢代くんと同じくらい有名人だよ」
「そんなに……やっぱりかっこいいから？」
「うーん、まあ。遊びが激しいらしいけど、そーいうキャラで通ってるから、みんな割り切った関係で満足してるみたい」
「そうなんだ……」
　やっぱり遊び人なんだ。
　女の子にはみんなにああやって迫って『俺にしときなよ』みたいなセリフを言うのかな？
　私がこんなに悩む必要なんてないのかもしれない。
　抱きしめられたくらいで。
「でもまあ、一番の理由はやっぱり家柄だよね、矢代くんと一緒で」
「……家柄？」
「葛西くんのお父さんは、某芸能事務所の社長さんなんだよ」
「ええっ！」

芸能事務所の社長さん……の息子。
　葛西くんもすごいお金持ちだったんだ。
　チャラチャラしてるけど、たしかに、どこか品の良さがある。
　瑞季くんと知り合いなのも、そういうのが関係してるのかな。
「じゃ、じゃあさ……瑞季くんと葛西くんは仲よかったりする？　……とかは知らないよね」
「矢代くんと？　んー、聞いたことないけど。……あっ、でもそういえば」
「……そういえば？」
「矢代くんがこの前学校を休んだ日……たしか葛西くんも、同じ日に休んでたんだよね」
　女子がやたらと騒いでたから覚えてる、と付け足すと、友香ちゃんは持っていたシャープペンをペンケースにしまった。
　今日出された課題をもう解き終わったらしい。
　私は葛西くんの言葉が心に引っかかって、まだ１問も手を付けられてないのに。
　今聞いた言葉で、なおさら……。

　瑞季くんが学校を休んだ日。
　その前日、私は瑞季くんと一緒に帰った。
　名前を呼んでくれて、話してくれて、笑ってくれて……抱きしめてくれた日。

次の日、瑞季くんが学校に来てないことを知って……ものすごくイヤな予感がしたんだ。
　実際、その日を境に瑞季くんは変わってしまった。
　以前の瑞季くんではありえなかったのに……女の子と、遊ぶようになった。
　瑞季くんが休んだあの日は、私にとって空白の１日。
　同じ日に葛西くんが休んでいたのは、偶然……？
　その日に、いったいなにがあったんだろう。
　瑞季くんを変えてしまうようななにか。

　静かにまっすぐ降っていた雨が、午後の授業が始まった途端、強い風混じりの嵐に変わった。
　雨粒が窓に当たって音を鳴らし始める。
　突然すぎる。
　ひどくなる気配なんてなかったのに。
　友香ちゃんが言ってた大雨の予報は本当だったみたいだ。
　終業のチャイムを聞いて、しばらくぼんやりと窓側を眺めていると、ふと視界の端に人影が映った。
「中瀬さん」
　上から降ってきたのは、おだやかで、静かな声。
　心臓がドクッと音を鳴らす。
　体中の血液が一瞬で熱くなった気がした。
　だってこれは。
　顔をあげなくたってわかる。

瑞季くんの声……。
　えっ、なんで？
　瑞季くんが学校で私に話しかけた。
　それも、クラスにいっぱい人がいる中で。
　体が熱い。
　今、私はどんな顔してるんだろう。きっと赤い。
　顔をあげたいけど、絶対不自然になってしまう。
　クラスの中で、話しかけられたことがないわけじゃない。
　幼なじみとしてじゃなくて、ただのクラスメイトとして、必要最小限のことなら……ある、けど。
『お前がいるせいで俺は……』
　瑞季くんが言いかけたあの言葉とか、葛西くんに抱きしめられたこともなぜか同時に頭をよぎって、パニックに陥った。
「……中瀬さん」
　さっきよりも少し大きめの声が、私の名前を呼ぶ。
「……ど、」
　——どうしたの？
　そう、口を開きかけたと同時に、ふわりと空気が動いた。
　それから、机の上に影ができる。
　静かに置かれたのは、瑞季くんの左手。
　私の机に手をついて、やや屈んだようにして姿勢を落としたのがわかった。
　柔軟剤のような、でも、人工的じゃなくて、やわらかい自然な、いい香りに包まれる。

これは、瑞季くんの匂い。
「話がある」
　耳もとで小さく、ぼそりとささやかれた声。
　鼓膜がふるえた。
　ビクッと肩があがったのがわかる。
　この声はたぶん、私にしか聞こえていない。
　それくらい小さくて、低い声。
　ありえないくらい近い距離にとまどった。
　耳に熱が集中してる。
　うつむき加減の姿勢のまま、固まってしまって動けない。
「終礼終わったら、」
　再び、吐息のような声がかかる。
　だけど、その直後。
「矢代くん～今日も空いてる？」
　前方から、語尾を伸ばしたような甘えた声が飛んできた。
　瑞季くんはまるで条件反射みたいにすばやく私から離れて、その女の子──北野美結ちゃんを見る。
「今日は俺、用事があって」
「ええーっ！　遊べないの？」
「うん、ごめん。それに、この雨だし」
「雨でも建物の中で過ごせばいーのに。……あっ、先約があるってこと？」
「……ん―、まぁ」
「……もしかして、あさひちゃん？」
　目をそらすのが遅れてしまって、美結ちゃんと視線がぶ

つかった。
　まずい。
　このままだと、この間みたいに美結ちゃんに怪しまれて、瑞季くんの機嫌も悪くなってしまう。
　ここは、私が否定したほうがいいのかな？
　ちらりと、横目で瑞季くんの表情を盗み見た。
　口を固く結んでる。
　目もとは影になっていてよく見えなかった。
　どうして……なにも言わないの？
　トク、トクと自分の心臓の音だけが聞こえて、緊張で変な汗をかき始める。
「意外だなあ〜。瑞季くん、あさひちゃんといつの間にそんなに親しくなったの？」
　美結ちゃんは、瑞季くんが黙っているのを肯定(こうてい)ととったらしい。
　意外だと言われるのはしょうがない。
　本当にそのとおりだから。
　私はクラスでも静かなほうで目立たないし、男の子としゃべったりとかもあまりしないから、瑞季くんとはどう考えても不釣り合い。
　だけど今気にするべきなのは、そんなことじゃなくて。
　美結ちゃんは、瑞季くんが私と放課後一緒に過ごすから自分が断られたんだと思ってる。
　これ自体に嘘(うそ)は、ないけど……。
　美結ちゃんは、瑞季くんが自分より私を優先したんだと

気を悪くしただろうし、瑞季くんだって、きらいな私との関係をそんなふうに誤解されたらイヤにちがいない。
　だけどここで私が否定しに出ていったところで、余計に怪しまれるんじゃないか、って不安がぬぐいきれないし。
「この前も言ったけど、中瀬さんとはなにもないから……」
　少し間をおいてからつぶやくようにそう言ったかと思うと、瑞季くんは美結ちゃんに背を向けて自分の席についた。
　私は美結ちゃんの視線が怖くて、自然とうつむいてしまう。
　ちょうどそのあとすぐに教室のドアが開いて、担任の桜井先生が入ってきた。
「終礼始めるぞー。席について。今日は雨降ってるから換気はいいぞー」
　終礼が始まってくれて、ほっと救われた気持ちになった。
　雨は激しさを増している。
　強い風に揺られて窓がガタガタと鳴る音をどこか不気味に感じるし、まだ4時だというのに外は夜みたいに暗い。
　寒冷前線がどうとか言ってたけれど、冬にこんな気象はめずらしいと思う。
　なんか……イヤなことでも起こりそうな。
　そんなことを考えてしまい、あわてて頭を横に振る。
　すぐマイナス思考になるのが私の悪いところ。
　だけど、傘は一応持ってきてるものの、こんなに激しい時に帰ったらきっとびしょ濡れになってしまう。
　……結局、この終礼が終わったら、私はどうすればいい

んだろう。
　とりあえず席について、様子を見るべきか。
『話がある』
　瑞季くんの声が、まだ耳に残ってる。
　きっと、私は瑞季くんと放課後を過ごす……んだよね?
　話ってなんだろう。
　なんだか聞くのが怖くて、終礼が長くなればいいのに、なんて考え始めてしまう。
　わざわざ学校で話しかけなきゃいけないほど緊急の用事?
　大事な話?
　心臓は相変わらずの速さで動いてる。
　これは、緊張。
　ただ、イヤな予感だけじゃない……。
　瑞季くんのほうから話しかけてくれたことで、どこか、なにかを、期待してる自分がいる。
　……ううん、私のことをきらってる瑞季くんだ。
　いい話なわけない……。
　そう言い聞かせて、終礼が終わるのをじっと待った。
　先生の話の内容なんて、最後までなにも頭に入ってこなかった。
「起立ー。礼」
　ギーッと椅子を引く音が教室中にうるさいほど響く。
　今日は雨で窓を閉め切っているからよけいに。
　みんなが席を立って自由に動き始めたあとも、私はカバ

ンに荷物を詰めるふりをして瑞季くんの様子をうかがっていた。
　3人の女の子が瑞季くんの席を取り囲んで立っていて、美結ちゃんもその中にいる。
　ひとりの女の子がなにか言ったのに対し、瑞季くんは首を横に振って答えていた。
「えーっ無理なの？」
「じゃあまた来週ー？」
「ねえ、明日とかは？　土曜だし、矢代くんも時間あるでしょ？」
　教室にいる人はだんだん減っていって、会話がはっきりと聞こえ始めた。
　私はいつまで座っていればいいの？
　このまま待ってて、本当にいいのかな……。
　もしかしたら、さっきの話はもう瑞季くんの中では、なかったことになってるのかもしれない。
　美結ちゃんに会話をさえぎられて結局どうすればいいのかもわかってないし、女の子たちも瑞季くんの席からはしばらく離れそうにない。
　待ってることがなんだかバカバカしく思えてきて、同時に、自分が惨めにさえ思えてくる。
「あさひー？　帰んないの？」
　トイレから戻ってきた友香ちゃんの声ではっと我に返った。
　友香ちゃんの声はよく通るから、瑞季くんにもきっと聞

こえただろう。
　ちらりともこちらを見るそぶりを見せないけど、私がなんて答えるのか、聞こうとしているかもしれない。
　そう思うと言葉に詰まった。
　もう一度、瑞季くんのほうに視線を送ってみる。
　今度は、気づいてという気持ちを込めて。
　ひかえめだけど、なるべくまっすぐ見つめる。
「……矢代くんが、どうかしたの？」
　なにか察してくれたみたいで、友香ちゃんが耳もとでそう聞いてきたので、こくっとうなずく。
　瑞季くんが気づく気配はない。
　ううん、本当は気づいてる、きっと。
　でも女の子たちがいるから、気づかないふりをしているんだ。
　……楽しそうだし。
　私は、もう帰ってもいいんじゃないかな。
　そう思って再び視線をさげようとした時、瑞季くんの席に近づいていくひとりの男の子が目に入った。
　山崎くんだ。
「俺、先に帰るな」
　それだけ言うと立ち止まりもせずに出ていこうとする。
「えー、山崎くん帰っちゃうの？」
「気をつけてね……！」
「ばいばい！　また月曜日ね？」
　女の子たちのそんな言葉に曖昧(あいまい)にうなずく山崎くん。

「……またな、遼平」
 最後にそう声をかけたのは……瑞季くん。
 胸の奥から、よくわからない感情がこみあげてきた。
 本当によくわからないんだけど、それは驚きに似たなにか。
 たぶん私は、瑞季くんが山崎くんのことを『遼平』って、下の名前で呼んだことを意外に思ったんだ。
 友達だから、そんなこと当たり前かもしれない。
 今まで意識してなかっただけで、瑞季くんが山崎くんを名前で呼ぶことは何度でもあったはずだけど。
 瑞季くんが誰かを下の名前で呼ぶことって、あまりない気がする。
 そうやって一定の距離を保ってるのかもしれない。
 それは……私に対しても。
 ――あさひ。
 ――中瀬さん。
 だとしたらやっぱり、山崎くんは瑞季くんにとって、心を開くことができる大切な存在。
 嬉しいのと、自分は名前を呼んでもらえない悲しさが一緒に混ざって変な気持ちになる。
 自分の置かれてる状況を忘れてそんなことを考えていたら、
「北野さんたちも、雨がこれ以上ひどくならないうちに帰ったほうがいいんじゃない?」
 と、いつものトーンで瑞季くんが言った。

えー？というように美結ちゃんを中心に顔を見合わせる3人。
「さっきより弱まってるし、帰るなら今のうちだと思うよ」
　そう言って瑞季くんはにっこりと微笑んでみせた。
　外を見るとたしかにさっきまでの勢いはなくなっていて、細い線のような雨がまっすぐ降りそそいでいる。
「矢代くんは帰らないの？」
「さっきも言ったと思うけど、」
　自然な流れで瑞季くんが私のほうを向いて、
「……今日は中瀬さんと約束があるから」
　視線がぶつかった。
　瑞季くんがはっきりと私の名前を出した。
　クラスメイトの前で。
　……こんなことしていいの？
　私とかかわりがあるって思われたくないんだよね？
「だから、よければ、はやくふたりにしてほしいんだけど」
　瑞季くんがなに考えてるのか……わからない。
　美結ちゃんたちは一瞬とまどった顔をしながらも、すぐに取り繕った笑顔を浮かべて、そそくさと帰り支度を始めに席に戻る。
　教室にいた他の人たちも、瑞季くんが『ふたりにしてほしい』なんてことを言ったからか、あわてたように席を立ち始めた。
　瑞季くんの影響力は、あらためて大きいと感じる。
　なんていったって大企業の御曹司だし、普段からそれを

感じさせる圧倒的なオーラを持っているから。
　友香ちゃんも私の肩をそっとたたいて「あたしも帰ったほうがいい？　よね？」ってそっと耳打ちしてくる。
　正直、友香ちゃんにはそばにいてほしいと思いながらも、曖昧に首を縦に振った。
「友香ちゃん、あとでまた、いろいろと……」
「うん、了解。よくわかんないけど、がんばれ。ばいばい」
　ばいばい、と手を振り返す。
　ドキン、ドキンと心臓が早鐘を打つせいで、頭がくらくらと揺れるような感覚に襲われた。
「じゃあまたね、矢代くん」
　美結ちゃんたち３人は、いつもより控えめに手を振りながら名残惜しそうにドアに手をかけた。
　──その時。
「あさひちゃんまだいる!?」
　別の誰かの手によって外側からドアが勢いよく開けられた。
　突然入ってきた"彼"に驚いて、美結ちゃんたちは「わっ」と声をあげる。
　ごめんね、とひとりひとりに謝ったあと、ゆっくりと顔をあげたその人と目が合った。
「あ、いた！　よかった……っ」
　そう言ってホッとしたように息を吐き出したのは、昨日、私を抱きしめた葛西くん。
　美結ちゃんたち３人と、それから瑞季くんの目線も。

全部無視して、葛西くんはこちらに駆け寄ってきた。
「あさひちゃんごめん！　今から空いてる？」
　昨日あんなことをしてきたくせに、全然変わらない態度。
　意識してるのはやっぱり私だけ。
　葛西くんの顔が目の前にあって、
「っえと……今日は……」
　しどろもどろで目をそらしてしまう。
　ななめ前のほうで、ガタっと椅子を引く音がした。
「葛西、なんの用？」
　瑞季くんが、低い声で葛西くんに詰め寄る。
　葛西くんは薄く笑ったまま答えない。
「お前もはやく断れよ」
　ど、どうしよう。
　今日の瑞季くんはおかしい。
「えっ」
「放課後は俺と過ごすから無理って」
「み、……矢代くん？」
　私の耳もとでそんな言葉を吐いて。
　すごく小さい声だから、美結ちゃんたちには聞こえてないにしても。
「か……葛西くんごめんなさい。今日は矢代くんと約束があるから……」
　瑞季くんからの圧に押されるようにしてそう言うと、葛西くんはちょっと申し訳なさそうな顔をした。
「それって大事な用事？　実は俺、白井先生にあさひちゃ

ん呼んでくるように頼まれたんだけど」
「えっ?」
　白井先生が?　また?
　化学係のことかな……?
「俺たちが合同で実験する日、研究授業らしくて。それも県内外からたくさんの先生が見に来るみたいでさ。視聴覚室から来客用の椅子を持ってこいって命令……なんだけど」
「研究授業?　そんなの初めて聞いた」
「うん、本人も俺たちに伝えるのうっかりしてたみたいで。放課後にいきなりごめんね?」
「ううん、葛西くんが謝ることじゃないよ」
　白井先生、けっこう人使い荒いんだなぁ。
　……って、そんなことよりも。
「あの、矢代くん……話、これ終わってからでも──」
「係があるならしょうがないよね。矢代くん、今日はあたしたちと一緒に帰ろう?」
　私が言い終える前に美結ちゃんがそんな提案を口にした。
　瑞季くんはしばらく、じっと葛西くんを見つめていた。
　美結ちゃんの言葉に返事もせずに。
　さっきみたいににらんでるわけでもなく、無表情でなにを思ってるのかわからない。
　そして。
「それさ、葛西だけで十分じゃない?　係だからって、女

の子にわざわざ重たい物運ばせるの？」
　口調が戻った。
　いつもの王子様キャラに。
　女の子、イコール、それは私？
　瑞季くんが女の子扱いしてくれている。
　でも、全然嬉しくなんかない。
　だってこれは、王子様の仮面をかぶってるニセモノの瑞季くんだから。
　……思ってもないこと、スラスラと言っちゃうんだ。
「んー……たしかにそうだね。じゃあ白井先生にはあさひちゃんはもう帰ってたって伝えとくから、あとは俺に任せて？」
　優しい顔で笑ったあと、葛西くんは私の頭にポンッと手をのせた。
　反応して肩があがってしまう。
　こういうの、慣れてないから恥ずかしい。
　美結ちゃんたちも見てるのに。
　……瑞季くんとの仲を疑われるよりは、まだいいかもしれないけど。
「前にも言ったけど、葛西くんひとりにそんなことさせられない。一緒に運ぶよ？」
「あさひちゃん……」
　意外そうな目で私を見てくる。
　だって、係決めで自分がこの係を選んだんだから、仕事はきちんとしないと。

「だから……ごめん矢代くん。係のほうに行ってくるね」
　語尾が弱くなりながらも、私は瑞季くんにそう伝えた。
「……好きにすれば」
　抑揚のない声でそう返事をしたかと思えば、瑞季くんは背中を向けてカバンを手に持つ。
　そのまま黙ってドアのほうへと進み。
　……帰るの？って思わず聞いてしまいそうになる。
　約束はなかったことになるのかな。
　美結ちゃんが瑞季くんの腕を取って、はやくはやくというように廊下の外へと促す。
　ちくっと胸が痛んだ。
　すると、上から小さなため息のような吐息（といき）が落ちてきた。
「わあ矢代クン。幼なじみの女の子に、挨拶もしないで帰るんだ？」
　葛西くんの口からこぼれたその言葉に、その場にいた全員が動きを止める。
　……葛西くん、今、なんて？
　ズシンと心になにかがのしかかったような重たさを感じて、心臓の鼓動はさっきとちがった響き方で速くなっていく。
　まるで動悸（どうき）のように、ドクドクと。
　……この状況は、とてもとても、まずい。
　葛西くんは、瑞季くんと私が幼なじみだって知ってる？
　どうして？
　瑞季くんは、なんて答えるの？

美結ちゃんたちはどう思ってる？
　一瞬の沈黙が永遠に続くように感じられた。
「幼なじみ？　……矢代くんとあさひちゃんが？」
　初めて口を開いたのは美結ちゃん。
　他のふたりも目を丸くして私を見ている。
「あれ、3人とも知らなかったの？」
　なんて言う葛西くんの驚いた表情はどこまでホンモノなのか。
　少しわざとらしく見えるのは気のせいなのか。
　葛西くんは……いったいどこまで知ってるの？
「そうだったんだ……全然気づかなかった」
「うん。だって学校でも全然話さないよね？　ふたり」
「それに、矢代くんはあさひちゃんのこと名字で呼んでるしね。でもなにかあるなあとは思ってたよ、あたし」
　最後の美結ちゃんの言葉にドキリとする。
　ハンカチを渡しに瑞季くんを追いかけたのが、やっぱりいけなかったのかもしれない。
　変な期待なんか持たずに、友香ちゃんにお願いして渡してもらえばよかった。
「矢代くん、あさひちゃんと接してる時、笑わないよね」
　美結ちゃんの鋭い突っ込みにまた胸が痛む。
「他の人の前ではいっつも笑顔なのに、矢代くん」
　ああ……もう。
　時間、止まってほしい。
　美結ちゃんの言葉は容赦なく、私と瑞季くんを追い詰

てくる。
「それに、あさひちゃんも──」
「その話、もうそれくらいにしてほしいんだけど？」
　美結ちゃんの言葉をさえぎった声。
　落ち着いて、おだやかで、いつもの瑞季くんのトーン。
　感情を読ませてくれない、ずるい声。
　微笑んでる瑞季くんの顔を見て、なんだかイヤな予感がした。
「隠してみたいになってなんか申し訳ないんだけど、本当にそんなつもりはなくてさ」
　なにを言い出すの……？　瑞季くん。
「家が近いのもあって、たしかに昔はよく遊んだりしてたけど、本当にそれだけで」
　みんな、瑞季くんに視線を向けたまま黙って話を聞いている。
　私だけが、うまく瑞季くんを見ることができずに下を向いて。
「でも、昔から好きになれないんだよね」
　瑞季くんが私を見たのがわかった。
　そしてまた、すぐにそらす。
「はっきり言わせてもらえば、きらいなんだ。あさひのこと」
　ふらりと視界がゆれて一瞬、真っ暗になった──。
　あさひ。
　そう呼んでもらえたのは"あの日"以来。
　瑞季くんに名前を呼ばれるのは、嬉しくて。恥ずかしく

て。ドキドキして。
　だけど、たしかに今、私のことを幼なじみとして下の名前で呼んだ瑞季くんの声は、この冬の雨よりずっとずっと冷たい――。

第3章

体温

　あのあと、葛西くんはふらつく私の体を支えながら、黙って視聴覚室まで連れていってくれた。
「ごめんあさひちゃん……あんなことになって。俺の発言が迂闊すぎた」
　最後の椅子を化学室に運びいれると、葛西くんはそう言って静かに息を吐き出した。
　今までずっと、ふたりして黙々と椅子を運んでた。
　話の内容がどうであれ、気まずい沈黙を破ってくれて内心ほっとする。
「ううん、大丈夫。だけど……」
　葛西くんは、どういう意図があって、私と瑞季くんが幼なじみであることを暴露したのか。
「どうしたの？　なにか俺に聞きたいことが、ある？」
「……」
　まるで心の中を見透かしてるみたい。
　葛西くんがどんな人で、瑞季くんとどんな関係があるのかはっきりしてないから、頭に浮かんだ疑問を簡単に口にすることができない。
「なんでもないよ」
　私の返事に、葛西くんは困ったように笑った。
「あんまり信用されてないみたいだね、俺」
「……」

「そりゃそうか。いきなり抱きしめてくるようなヤツだもんね？」

今度は自嘲気味に笑う。

どう返せばいいかわからない私は、黙ってうつむいた。

「でも本当に……矢代はやめといたほうがいいよ。あさひちゃんが傷つく」

「……好きでいるだけでもだめ？」

「え？」

「瑞季くんとどうなりたいとか、思わないから……どうせきらわれてるし」

「それは……もっとだめ。想ってるだけなんて。……いつまで続くかわからないのに」

突然、葛西くんの言葉の語尾が弱くなった。

顔をあげてみたら、心なしか表情がかげっている気がする。

「だってあいつは……」

しんとした空間で、ドクンと鳴る胸を押さえながら次の言葉を待つ。

だけど、しばらく経っても葛西くんの唇が再び開くことはなかった。

あらかじめ教室から持ってきていたらしいリュックを背負って、葛西くんは化学室のドアに手をかける。

「……お疲れさま。俺は先に帰るね」

言いかけた言葉の続きがすごく気になる。

でも、葛西くんがそれ以上言わなかったのには彼なりの

理由があるからだと思うと、聞けなかった。
「……うん、お疲れさま。ばいばい」
「傘、持ってきてる？」
「うん」
「そう、よかった。帰り気をつけてね」
「ありがとう」
　ばいばいともう一度手を振って、去っていく背中を見送った。
　私はなんだか重たい足取りで自分の教室に向かう。
　……カバン、持ってきとけばよかった。
　昇降口に続く階段をおりる頃には、時計は5時半過ぎを指していた。
　雨だから部活動をしているところも少なくて、校舎内はいつも以上に静か。
　自分の足音がいやに響く。
　ひと気、まったくなし。
　なんだかちょっと怖いし、さみしい。
　友香ちゃんがいてくれたらなぁって思うと、自然と溜め息が出た。
　廊下を曲がりきって下駄箱が視界に入ってきた瞬間、私は思わず立ち止まった。
　玄関の壁に寄りかかるようにして立っている影。
　薄暗くてよく見えないけど、わかる。
　あの立ち姿……。
　1歩前に踏み出してその姿を再確認すると、ドッと一気

に体が熱くなった。
「瑞季くん……？」
　嘘だ。いるはずない。
　だって、美結ちゃんたちと一緒に教室を出ていったのに。
　私のこときらいって言って、見向きもせずに……。
「なんでいるの……？」
　私に気づいた瑞季くんはゆっくりと顔をあげる。
　そして、私を見た。
　薄暗いせいで表情まではわからないものの、視線はしっかり絡んでることがわかる。
　自分の心臓の音、うるさい……。
「遅い。葛西が来てもう10分くらい経つのにな」
「……」
　ドキドキしすぎて声が出てこない。
　ここでずっと待っててくれたの？
　私を？
「……いつまで突っ立ってんの」
『はっきり言わせてもらえば、きらいなんだ。あさひのこと』
　あんなこと言ったくせに、どうして――。
　これは夢なんじゃないかって気がしてくる。
　昇降玄関のガラス張りの扉の前に立っている瑞季くん。
　雨が降る外の暗さと校舎内の異様な静けさも相まって、見る世界が現実味を帯びてない。
　なにも言わずに立ったままの私にしびれを切らしたのか、瑞季くんは、はーっと深い溜め息をついた。

吐き出された息が白く染まる。
「なんで来ないんだよ」
「えっ」
「俺が怖いの？」
「そんな、ことは……」
　言い終わらないうちに、瑞季くんはもう一度溜め息をついた。
　そしてスニーカーをその場に脱ぐと、まっすぐ私に向かって歩いてくる。
　ビックリして、思わず1歩退いてしまった。
「聞いたよ。葛西に抱きしめられたって？」
「っ、」
「まあ、隙だらけだもんな、あさひは」
　低い声が鼓膜を揺さぶる。
　あれは暗闇だったから、うまく抵抗できなかっただけなんだけど……。
　また1歩詰め寄られて、瑞季くんの影でさらに視界が暗くなった。
　私を見おろしてくる瞳に、やっぱり色はなくて。
　でも一瞬、揺れたように見えた。
「あさひにとっての男って、俺だけのはずだったのに」
　そんな言葉がぽつりと降ってくる。
「これから、いろんな男を知っていくんだろうね。俺の知らないとこで、たくさん」
「瑞季くん……？」

「べつに関係ないけど。だって、俺は」
　俺は──。
　そう言いかけたあとで、瑞季くんは口をつぐんだ。
　そして髪をクシャッとかきあげる。
　それから、少しだけ私と距離をとった。
「なぁお前、傘持ってる？」
「う……うん」
　返事をするのがやっと。
　今日の瑞季くんは、いつもとちがってどこか余裕がなくて、こっちまで動揺してしまう。
「じゃあ、入れて。忘れたんだ」
　体が一気に熱くなる。
　言葉が頭の中をこだました。
　いつもの冷たい瑞季くんじゃない気がして。
「それとも、雨が止むまでここで待つ？　……俺とふたりで」
　ドクッと音を鳴らして心臓が動く。
　……どうして急に？
　さっきからわけわかんないよ。
　冷たく突き放したかと思えば、甘い言葉を吐いてくる。
　しばらく固まって瑞季くんの瞳を見つめていたら、ゆっくりとそらされた。そのまま背中を向けて、
「……なに真に受けてんの」
　って、ひと言。
　恥ずかしくなって手のひらをほっぺたに当ててみたら、

さっきまで冷たかったはずなのに熱があるみたいに熱くて。
　手で顔を扇いでがんばって冷まそうとするのに、全然うまくいかない。
　顔が赤いのを見られたくなくて、うつむいたまま瑞季くんの背中を追いかけた。
　ローファーをはいて、傘立てから自分の傘を引き抜く。
「……さむ」
　昇降口の扉を開けたとたん瑞季くんは身をふるわせた。
　屋根がついてるから濡れはしないんだけど、風があるせいでななめから水滴（すいてき）が入り込んでくる。
「傘はやく」
「う、うん」
　ぎこちない手つきで留具を外して、瑞季くんに当たらないように気をつけて開いた。
「ちっさ」
「ごめん、濡れちゃうよね……」
「べつにいい。……貸して」
　自然な流れで私の手から傘をつかみとる瑞季くん。
　手が当たって、思わず見あげてしまった。
「あの、瑞季くん顔色悪くない……？」
「逆に聞くけど、お前はなんでそんなに血色いいの」
「っえ、と」
「バカは風邪ひかなそうでいいな」
　そう言うと、あたふたしている私を置いて歩き出す。

軽く鼻をすする音が、2回聞こえた。
「瑞季くん、もしかして風邪ひいてる？」
「……」
「熱とか、あるんじゃ」
「そんなことより、もっと寄らないと濡れてるけど」
　そっと私のほうに傘を傾けてくれたのがわかった。
　さりげない優しさに、いちいち鼓動が速くなる。
　だけど、私に傾けたら今度は瑞季くんが濡れてしまう。
　激しさはなくなったものの、風があるせいでふたりとも濡れないようにするのはなかなか難しい。
　無言のまま少し歩いていると、国道沿いの交差点が見えてきた。
　車のライトが地面の水たまりに反射して、まぶしくて視界が悪い。
　信号は青……だけど、あと数メートルというところで点滅し始めた。
　となりを歩く瑞季くんの足もとを見つめるけど、歩調は変わらない。
「瑞季くん、もうすぐ赤だよ」
　そっと声をかけてみても、返事はない。
　やがて信号が赤に変わって車が動き出した交差点に、ためらいもなく踏み込もうとした瑞季くんの制服の裾をあわててひっぱった。
「赤、だってば……！」
「っ、」

その反動で瑞季くんの体が揺れた。
　手から離れた傘がトン、と音を立てて地面に落っこちて。
　冷たい雨が肌を濡らす。
　ハッとしたように立ち止まり、瑞季くんはなにもつかんでいない自分の手のひらをしばらく見つめた。
　あわてて傘を拾いあげるけれど、身長差があるせいでまっすぐに差すことができない。
「……悪い」
　傘の取っ手をつかもうとするも、彼のその手は力なく空を切る。
　見あげると、虚ろな瞳。
　焦点が合ってない……。
「瑞季くん？」
「……」
　信号が再び青に変わった。
　瑞季くんはなにも言わずにひとりで歩き出す。
　早足で横断歩道を渡っていく瑞季くん。
　脚の長さがちがうせいで距離が開いていく。
　どう考えても様子がおかしい。
　やっぱり、熱があるんじゃないかな。
　判断力も思考力も鈍ってて、瑞季くんらしくない。
「待って、濡れちゃうよ！　ちゃんと傘入らなきゃ……！」
　ローファーの中に水が染み込んでくる。
　それでも構わずに駆け足で横断歩道を渡りきった。
　瑞季くんに追いついて、息を切らしながら傘を傾ける。

これ以上瑞季くんが離れていってしまわないようにと、無意識に左手を伸ばした。
　触れた手のひらから伝わる体温。
「ほら、やっぱり熱い」
「触んな……」
　そう言ってにらんでくるけど、この前みたいに乱暴に振り払ったりはしてこない。
　やっぱりおかしい。
　熱すぎるもん。
　いつも、氷みたいに冷たいくせに。
「なんでそんな泣きそうなの」
「だって瑞季くんが、心配……」
「……」
　私から目をそらす瑞季くん。
　はぁーっと深いため息をついたあと、
「最悪」
　ぽつりと、そうこぼした。
「こっち来な」
　低い声。
　つかんでいた手がそのままひっぱられ、体を引き寄せられた。
　手を引かれて歩いてることにとまどう。
　雨が降ってて。視界が悪くて。おまけに外も暗くて。
　だけど自分の心臓はいやってほど鳴り響いてて、指先から伝わる熱にクラクラする。

ショッピングセンターの角を曲がったら、屋根がある通りに出た。
　そっと手が離される。
「傘閉じれば」
「あっ、うん」
「ここ抜けたら、車待たせてあるから」
「えっ？」
「生駒さんに迎え頼んどいた」
　──生駒さん。
　瑞季くんちの……矢代家の執事さんだ。
　瑞季くんとかかわらなくなってから長らく会ってないから、私のことを覚えてくれているか、わからない。
　それにしても、車を待たせてあるって。
　いったいいつ連絡したんだろう。
　だけど、これで瑞季くんが濡れなくてすむし、よかった。
　閉じた傘から流れ落ちていく水滴を見つめながらほっと息を吐く。
「今晩、生駒さん私用で外に出るらしくて」
　突然、まっすぐに前を見つめたまま、瑞季くんが口を開いた。
「夕飯とかはもう準備してくれてるんだけどさ」
　淡々とした口調で話し始める。
　私に話しかけてる……んだよね？
　どうして私なんかにおうちのことを……？
「──瑞季様」

ふと、前方から飛んできた声に顔をあげる。
　あまりにも静かで落ち着いたその声は……たしかに覚えてる。
　道路の隅に停められた黒いリムジン。
　後部座席の扉に手を添えて立っているのは、生駒さん。
　細身の体に黒のウエストコートがよく似合ってる。
　最後にお会いしたのは、何年前だろう。
　まったく変わっていない姿に驚いて、一瞬息が止まりそうになった。
　乱れのない黒髪に真っ白な肌。
　ニコニコと常に微笑んでいる顔が印象的で、それ以外の表情は見たことがない。
「あさひ様、お久しぶりです」
　丁寧なお辞儀をされて、つられたように私も頭をさげる。
　あさひ様、だなんて久しぶりに呼ばれて、そわそわしてしまう。
　年は……たぶん40代前半だと思うけど、数年前となにも変わらない印象で。
　……はっきり言って年齢不詳(ねんれいふしょう)。
「体調のほうはいかがですか」
「べつに平気」
「……あまり無理なさらないでくださいね。金曜ですし、休まれてもよかったのでは？」
「だから、休むほどひどくないって」
　瑞季くんが疲れたように肩からおろしたカバンを、生駒

さんが丁寧に受け取る。
「あさひ様もお荷物お預かりしますよ」
「あ、ありがとうございます……」
　とまどいながら、ぎこちない手つきで差し出した。
「ささ、おふたりとも中へどうぞ。雨で冷えたでしょう。あったかくしておりますよ」
　ちらりと瑞季くんを見ると『先に乗れ』と目で合図してくる。
「おふたりともそんなに濡れられて……言ってくだされば校門までお迎えにあがりましたのに」
「学校周辺は勘弁してって言ってるでしょう。目立つからいやなんだ」
「ですから公立は、およしになったほうがよいと……」
「……」
　少し困ったように笑いながら生駒さんが溜め息をつく。
「……タオル、よろしければお使いください」
　差し出された真っ白なタオルを受け取って、おそるおそる中に足を踏み入れた。
　車とは思えない空間の広さに思わず溜め息が出る。
　単なるシートっていうよりも高級ソファーだ。
　外から見るとコンパクトに見えるけど、全然そんなことない。
　濡れた肩まわりを拭くのも忘れて上質な内装に見とれてしまった。
「あさひ様」

「は、はい……っ」
　生駒さんから声をかけられると、なぜか姿勢を正してしまう。
「今晩は誠に申し訳ございません。瑞季様のこと、よろしくお願いいたします」
「はい。……え？」
　今晩？
　よろしくお願いいたしますって、なにが……？
「あさひ様のお母様には、すでに私から連絡をさせて頂いております」
「え？」
「夕食もあさひ様の分までご用意しておりますので、ご安心ください」
　微笑んだまま軽く会釈をして、運転席に乗り込む生駒さん。
　言われたことの意味がまったくわからない。
「……え？　どういうこと？」
　思わず瑞季くんに聞き返すと、
「今夜は俺の家に泊まるってこと」
「っ」
　え、待って。待って。待って。
　なにをさらりと。
　学校で、あんな扱いしておいて。
　いきなりお泊まり……？
「意味、わかんないよ……」

「……」
「だって瑞季く……」
「ちょっと黙ってて。頭痛い」
　私の言葉をさえぎると、瑞季くんはシートにもたれ掛かって瞳を閉じた。
　わけわかんないこと言い逃げしないでよ……と口にしそうになるのを我慢する。
　お泊まりって……生駒さんも親御さんも今夜いないから？
　瑞季くん風邪ひいてるみたいだし、たしかに看病してくれる人がいなくちゃだめだと思う。
　瑞季くんの顔を盗み見ると、さっきよりも顔色がだいぶ悪くなっている。
　唇はかすかにふるえているし、眉間にシワが寄っていて、すごく苦しそう。
　でも、看病だけなら誰か別のヘルパーさんにお願いすればいいはず。
　どうして私を家に呼ぶの……？
「……依吹がお前に会いたいって言ってたし。……今日だけ許して」
　目を閉じたまま瑞季くんはそんなことをつぶやく。
　依吹くんは瑞季くんの弟で、昔はよく一緒に遊んでいた。
　たしか、今は中学２年生。
　私のこと、覚えててくれたなんて嬉しい……。
　一緒に遊んでいた頃の記憶を思い出そうとするけど、車

内はこれでもかってくらい暖房が効いてて、瑞季くんの熱がうつったみたいにぼうっとしてくる。
　……瑞季くんは。
　『許して』なんて、なにに対して言ってるんだろう。
　瑞季くんの考えも気持ちも、やっぱり全然わからない。
　知りたいと思ったけれど、ぐったりとした彼を見ると話しかけることができず、結局、家に着くまでなにも聞くことはできなかった。

「ありがとう、あさちゃん。来てくれて」
　久しぶりに会った依吹くんは、想像よりもずっと大人びていて驚いた。
　最後に会ったのは依吹くんがまだ小学生の時だから、成長しているのは当たり前だけど、雰囲気とか、中学生にしてはかなり落ち着いてるほうだと思う。
　やっぱり名家のご子息は、立ち振る舞いの教育も厳しいのかもしれない。
　だけど、私を「あさちゃん」って呼ぶところとか、はにかんだように笑うあどけなさはまだ残っていて、なつかしさを感じると同時にどこかほっとした気持ちになる。
「兄ちゃん、シャワー浴びて休むって言ってた。あとで部屋におかゆ持ってってくれると嬉しい……生駒さんが作ってくれたやつ」
「うん、わかった」
「……本当にありがとね。親も仕事でいないからさ、あさ

ちゃんが来てくれてなんか安心した」
「ううん。私も久々に依吹くんに会えて嬉しいよ」
　そう言うと、また恥ずかしそうに笑う依吹くん。
　兄弟にしては、顔つきはあまり似てないほうだと思うけど、笑った時の雰囲気は瑞季くんそっくりで。
　学校での貼り付けたような笑みとはちがった、遠い日の、瑞季くんの笑顔を思い出した。
「どうしたの？　元気ないね。……あさちゃんも具合悪い？」
「えっ？　あ、ううん。大丈夫。ただ……」
「……ただ？」
　心配そうに首をかしげながらのぞき込んでくるまっすぐな瞳に、不思議と心が溶かされたような気分になる。
「瑞季くん、私がこの家にいること不愉快に思ってないかな……」
「えっ？　なんで？」
　きょとんとした様子で、さらに首をかしげる依吹くん。
「だって、瑞季くんは私のこと、きらいで……」
　そう言いかけた途端、依吹くんの顔が歪む。
「本気で言ってんの？　それ」
　と、少し怒ったみたいな口調でそう言われた。
「だって本当のことだよ。学校では話しかけることも許してもらえないし、今日だって……」
「あのねえ、」
　依吹くんは、私の言葉をさえぎるように溜め息をついた。

「本当にきらいだったら、いくら俺があさちゃんに会いたいって言ったとしても、家にあげたりしないよ」
「え？ いや、そうかな……」
「なんでそんなに自信なさそうなの？ 俺の知ってるあさちゃんは、もっと元気なイメージだったんだけど」
「そ、そんなこと言われても──」

　だって、何回も、はっきり言われたのに。

『お前のこと、ずっと前からきらいだった』

　2年前のあの日から、この言葉がずっと頭から消えないんだよ……。

「……兄ちゃんも、けっこう苦しんでるんだと思うよ。なにが正しいかなんてわからないような世界に、無理やり足突っ込まされて」
「……？」
「本当に大切なものを手放す努力を、今のうちにしとかなきゃいけない。でも中途半端だから、結果、相手を傷つけてる」
「……依吹くん？」

　目をそらしてそんなことをつぶやいた依吹くんに、ざわざわと胸が音を立て始める。

「まぁ、しょうがないよね。あさちゃんはまだ、なにも知らないんだから」

　本当に小さい声で、ぽつりと。
　ひとりごとみたいに、そう言った。

「え……？」

「……ううん、なんでもない。おかゆ準備しようか」
　ぱっと笑顔に戻り、何事もなかったかのようにそう言う依吹くん。
　言葉の意味を聞き返したかったけれど、その隙を与えず「キッチンに案内するね」と歩き出した彼になにも言えず、黙ってあとについていった。

　おかゆのお盆を左手に持ち、瑞季くんの部屋のドアを右手で２回たたくと、私の家より固くて丈夫そうな音がした。
　少し待ってみても返事はなくて、静かに開けてみる。
　真っ暗だと思っていた室内は薄く明かりがついていて、ぼんやりと全体が見渡せた。
「入っていいなんて言ってないけど」
　眠ってると信じ込んでいた瑞季くんの声に驚き、うっかりおかゆを落としそうになる。
「ごめんなさい……えっと、おかゆ持ってきた」
「……そう」
「……」
「なんで突っ立ってんの。持ってきたからには、ちゃんとここまで運んでこいよ」
　上半身を起こした瑞季くんが自分のベッドを指さす。
　ゆっくり近づくと「そこの台に置いといて」と指示された。
　言われたとおりに、ベッドのとなりにある小さなテーブルにおかゆを置いて遠慮がちに瑞季くんを見つめる。

「えっと……熱は計った?」
「38度」
「やっぱり高いね……おかゆ食べられる?」
「腹は減ってないけど、生駒さんがせっかく作ってくれたからあとで食う」
「そっか……わかった」
　聞いたことに対して、素直な返事が返ってくることを新鮮に感じた。
　熱があるからか、普段より瑞季くんの口調がずいぶんと優しくてドキドキしてしまう。
「じゃあ、もう行くね……お大事に」
　せっかくふたりきりなんだから、もう少し話したいのに、なにを話していいかわからない。
　おかゆを部屋に運ぶという使命を果たした私は、気まずい空気が流れないうちに部屋を出ようと、すばやく背を向ける。
　すると、すぐうしろでギシッとスプリングが軋む音がして「なあ」と引き止められた。
「行かないで、お願い」
　薄暗い部屋に響いた声。
　その切なくかすれた声にドキッとして、体がカアッと熱くなる。
「──って言ったら、ずっとここにいてくれんの?」
　瑞季くんの声。
　ひたすら静かな空間に、ふたりきりで。

体、あっつい。ドクドク打つ脈を全身で感じる。
「こっち、来て」
　その甘い響きに、
『あさちゃんはまだ、なにも知らないんだから』
　さっきの依吹くんの言葉も全部、なにもかもかき消されて。
「今日だけは、」
　と瑞季くんが言った。
「許して、あさひ」
　腕をつかまれる。
　ぐっ、と強い力でひっぱられてバランスを崩した。
　ふかふかのベッドの感触。
　おそるおそる目を開けると、瑞季くんの顔が目の前にあった。
「……え？」
　気づいた時には、体が半分、瑞季くんの上に乗っかってて。
「っごめん！　今すぐに、どき、ます」
「このままでいい」
「えっ？」
「もっとこっち寄って」
「へ……」
　手を離してくれない。
　それどころか、さらに強く引かれて距離が一気に縮まる。
　きれいに瑞季くんの腕の中におさまった私。

「瑞季くん……？」
「なに？」
　なに？　じゃないよ。
　だって今、瑞季くん、自分がなにしてるかわかってるの？
　高熱でおかしくなっちゃったの……？
　私も風邪がうつったのかと錯覚してしまうくらい、体が全部熱くて。
「これ……あの、なんで？」
「なんでってなにが」
「ち、近いよ……」
　会話が噛み合ってない。
　だってしょうがないよ、わけわかんなくて、冷静になんて考えられないもん……。
「ほら。すぐそうやって顔を赤くする」
「だってこんな体勢……恥ずかしい、よ」
「こんな体勢、ね。……初めて？　こういうの」
「えっ？」
「俺がお前に今からどんなことするか、わかってんの？」
　にらまれた。
　妙に色っぽい目つきだった。
「ムカつく」
　ぼそりとひと言。
「きらいって言ってんのに、お前は俺のこと好きとか言う。なのに他の男に平気で抱きしめられてる」
「……」

「お前、無防備すぎるよ。1回痛い目みればわかんのかな」
「っ！」
　腕を思いっ切りひっぱりあげられた。
　ふわりと体が宙に浮いたような感覚がして反射的に目をつむると、ギシッとベッドのスプリングの軋む音とともに、体が横向きに半回転した。
「……え？」
　うっすらと瞳を開くと、相変わらず至近距離にある瑞季くんの顔。
　たけど、体勢がさっきと逆転している。
　瑞季くんが私に覆いかぶさるようにベッドの両端に手をついていて……。
「お前ひとり押し倒すことくらい簡単なんだ。男なら、誰だって」
　吐息混じりの、少しかすれた声で瑞季くんはそう言った。
　火照った顔に、熱い吐息がかかる。
　まるでインフルエンザにかかった時みたいに頭がぼーっとして、ふらふらする。
「……俺のこと好き？」
　苦しそうに顔を歪めて、そんなことを聞いてくるから。
　じわっと目の奥が熱くなった。
「うん。……好き」
　だいすき。
「瑞季くんは、私のこと、」
　こんなこと、聞いちゃいけないのに。

答えなんてわかりきってるのに。
　でも、瑞季くんは『きらい』とも言わず、ただ黙ったまま、苦しそうな顔で私を見おろす。
「……全部、どうでもいいって投げ捨てられたら楽なのに」
　視線をななめにそらしながら、瑞季くんは自嘲気味に笑う。
　それは……どういう意味？
「お前には一生言えない……俺の気持ちなんか」
「……瑞季くん？」
「あんまり……そんなまっすぐな目で、俺を見ないで」
　そんなかすれた声が聞こえたかと思うと。
　ぐっと、再び体重がかかった。
　体の距離がゼロになって、布越しに熱い体温を感じる。
　ベッドの上に押しつけられた状態で、息をするのも苦しい。
「お前が好きとか言うから」
　瑞季くんの指先がゆっくりと伸びてくる。
　再びベッドが軋んで、体がビクッと反応する。
　私を見つめる瞳が熱っぽくて、どうしようもなく胸が高鳴る。
　あわてて顔をそむけると、頬に触れそうだったその手は直前のところで動きを止めた。
「なんで、されるがままなんだよ」
「えっ？」
「こーいう時、普通は抵抗する。てか、しろよ。どんな状

況かわかってんの?」
　さっきと同じように、またにらんでくる。
「黙っておとなしくして……。俺が好きだから? それとも、男だったら誰にでもこうなのか」
　まるで私を責めるように、次から次へと言葉を吐き出されて、なんて答えればいいのか整理できず、パニックになってしまう。
「……風邪、うつっても知らないからな」
　その言葉にふと我にかえった。
　……そうだ。瑞季くんは風邪をひいているんだ。
　今だって、すごく苦しそうで……。
「あの、えっと……大丈夫?」
「は?」
「なにか、してほしいこととか。ない……?」
　一瞬、瑞季くんは面食らったような顔をした。
　驚いたような、あきれたような。
　なんとも言えない表情で私を見つめたまま、一度まばたきをする。
　数秒後、降ってきたのは長い溜め息。
「だからなんで……こんな状況で、そーいうこと言うかな。さっきから本当、なんなんだよ」
　意味わかんねえ、と小さくこぼして。
「俺が心配?」
「そりゃあ……」
「なにかしてほしいことって、言えばなんでもしてくれる

んだ？」
「う、うん。私にできることなら」
「本当、そういうところ——」
　目を背けながら瑞季くんはなにかをつぶやいた。
　だけど、聞き取れない。
　聞き返す勇気もなくて。
「あ……のね、そういえば、葛西くんと瑞季くんってどんな関係なの？」
　代わりに、ふと気になっていたことを口にしてみる。
　すると突然、瑞季くんの表情が明らかに変わった。
　まるで核心を突かれたかのようにとまどった表情をして、
「そんなのどうでもいいだろ」
　と、吐き捨てる。
「よくないよ！　前に瑞季くんが休んだ日、葛西くんも休んでたって聞いたし、それは——」
「関係ない。誰がそんなこと言ったのか知らないけど、俺は体調崩してただけだ」
　……嘘だよ。だって、先生が瑞季くんは家の用事って言ってたもん。
　どうして嘘つくの？
　やっぱりなにか隠してる……？
「葛西くんは、瑞季くんとは深いつながりだって言ってたよ」
　思い切って口にした。

質問するなと言われていたから、怒られるのは覚悟の上。
　それでも瑞季くんのことを知りたいと思ったから……。
「……」
「葛西くんのおうち、芸能事務所の社長さんって言ってたけど、もしかして——」
　瑞季くんの家となにか、かかわりがあるの？
　……そう聞きたかったのに、最後まで言わせてもらえなかった。
　黒い影が私に重なる。
「……っ」
　反射的に目を閉じたのと同時。
　唇を、荒々しくふさがれた。
　一瞬の出来事。
　ゆっくりと離されて、焦点が合わないままぼんやりと瑞季くんを見つめる。
「……今あいつの名前なんか呼ぶな」
　じわっと涙がにじんできた。
　瑞季くんが好きだから。
　私のこときらいなはずなのに、突然こんなことされるとどうしていいかわからない。
　ドキドキして、熱くて、言葉の意味なんて考える余裕もなくて。
　どこか切なげに聞こえたその声に、自然と目の奥から熱いしずくがあふれ出てきて、止まらない。
　瑞季くんに見られたくなくて、両手で顔を覆った。

「なんで、泣くんだよ……」
　切なく響く声。
　……ごめんなさい。
　いつもうまく言葉にできなくて、結局泣いてる。
「俺が怖かった……？」
　ちがう。
「……ほら、やっぱり。俺といると泣くだろ、お前」
「……っ」
「だからいやなんだ」
　さみしそうな声がぽつりと落ちてくる。
　──ズキッ。
　また、面倒くさいって思われた。
「もう、戻っていいから。おかゆありがとう」
　すっと体を離して、瑞季くんがベッドから降りた。
　私に背を向けて立ち、静かに窓の外を見つめる。
　このまま、部屋を出ていっちゃだめだと思った。
　あともう少しで瑞季くんの本心が見えそうなところまで近づけたのに、ここで離れてしまったら、またもとに戻ってしまう気がして。
　涙をぬぐってから、ゆっくりと体を起こして瑞季くんのトレーナーの裾をきゅっとつかむ。
「あの……葛西くんのこととか、無理に聞き出そうとしてごめんなさい」
「……」
　瑞季くんは、さっき私を押し倒した時と同じ苦しそうな

顔で、目を合わせようとしない。
「もう、詮索したりしないから」
「べつに怒ってないから謝らなくていい」
「でも、」
「いつまでここにいるつもり？　襲われたいの？」
　……突然、声の響きが突き放すような冷たいトーンに変わった。
「っ、ちがう。けど……」
　けど……。って、なんだろう私。
　なにが言いたいんだろう。
　わからないけど、必死に言葉をつなごうとしてる。
　きっと、ここで会話を終わらせてしまうと、また瑞季くんが遠い存在になってしまうから……。
「……瑞季くん」
「なに？」
　たぶん私、瑞季くんの熱がうつったんだ。
　そう思い込まないと不自然なほど、さっき触れた体温がずっと離れなくて、熱くて熱くて。
　頭があんまり回らない……。
「瑞季くんのこと、好き、だから」
　気がつくと、言葉がこぼれていた。
　ハッとして、急に顔が熱くなる。
　いくらなんでも、こんなにストレートに気持ちを伝えてしまっては、どうしようもなく恥ずかしい。
　思わず部屋を出ていこうとすると、手をつかまれた。

「なにそれ」
　力をこめて、ぎゅっと握りしめられる。
「好きなら、俺ともっと一緒にいたいと思う？」
「……うん」
「他の男のこと好きにならない？」
「……うん。ならないよ」
　だったら——。
　と、ひと呼吸おいて。
「金曜日だけ……これからずっと、俺の時間を、あさひにあげる」

「——兄ちゃんと話したんだね」
　ドアを閉めると、すぐ２つ先の部屋の前に依吹くんが立っていた。
　いつからそこに……？
「私が出てくるの待ってたの？」
「まあね」
「話……聞こえてた？」
「ううん、全然。壁、防音だし」
　そっか……。そうだよね。
　なんとなくホッとして息をつく。
「兄ちゃん、なんて言ったの？」
「それは……」
　ゆっくりと、さっきの会話を思い出してみる。
　まだ、瑞季くんの体温が肌に残ってて、ほてりがおさま

らない。
　再び熱くなる顔を隠してうつむきながら、小さな声で答える。
「これからは毎週、私と会ってくれるって」
「……」
「……？　依吹くん？」
　考え込むように黙った依吹くんを見て、また新たな不安が押し寄せる。
「あっ、いやごめんね？　なんでもない。……そっか、よかったね」
　ニコッと笑いかけてくれるけど、その表情はどこか曇っているように見えて。
「あさちゃん、お風呂まだでしょ？　生駒さんがあさちゃんのパジャマとか買って用意してくれてるからさ。入ってきなよ」
　さらりと話題を変えられたことに違和感を覚えたけど、その笑顔が『これ以上なにも聞かないで』って言ってるような気がして、出かかった言葉を飲み込む。
「生駒さん、わざわざ……？　なんか悪いな。ありがとう、お風呂借りるね」
　私も同じように笑い返して、なにも気にしていないふうを装う。
　話してくれないなら、聞いちゃだめだと思った。
　だから……。
「……バカな選択をしたね、兄ちゃん」

すれちがったあとでうしろから聞こえたそんな声にも
ぎゅっと目を閉じて、聞こえないふりをした──。

特別

【瑞季side】
　──特別。

　金曜日だけ
　これからずっと
　俺の時間を、あさひにあげる。

　金曜日の放課後から夜まで
　ずっと
　黙って俺のそばにいればいい
　甘やかして
　これでもかってくらい優しくして。
　……そのあとに
　一番最低なやり方で
　──キミを傷つけるんだ

（はやく俺をきらいになって）

【あさひside】
「は？　化学2組と合同？　聞いてねぇ」
「白井センセイいつも唐突(とうとつ)。しかも研究授業らしーよ」
「うわ、だる。寝れねーじゃん」
「席どうなんの？　化学室ムダに広いから、まぁギリ座れるだろうけど」

　月曜日の朝、教室が騒がしいと思ったら、今日の研究授業の話題で持ちきりだった。

　みんなの中で化学は"寝れる授業"として貴重な時間らしい。

　白井先生、テキトーだし、注意もしないし、おまけにテストも易(やさ)しいし。
「おはよ。……よかったね、これからは会ってもらえるんだって？」
「えっ？　あ、友香ちゃんおはよう」
　いつの間にか私のうしろに立っていた友香ちゃん。

　友香ちゃんは週末電話に付き合ってくれて、金曜日の瑞季くんとの出来事をひとつひとつ聞いてくれた。
　友香ちゃんは、瑞季くんの態度の変化が突然すぎてちょっと納得いかない……という様子だったけど。
『矢代くんのこと本当に好きなら、後悔(こうかい)しないようにがんばってみなよ。そのかわり、ツライ時はかかえ込まないで相談すること』
　って、最後は背中を押してくれた。

なんだかんだで、いつも私の気持ちに寄り添ってくれる友香ちゃんには、感謝しかない。

　バッグを机に置いた友香ちゃんは椅子に腰をおろしたあと、そっと私の制服の裾をつかんできた。
　そして、小さく耳打ちしてくる。
「女子があさひと矢代くんのこと噂してる……」
「……！」
「やけに騒がしいのはそれもあるみたい。美結が、あんたたちが幼なじみだって言いふらしてる」
「えっ……ええぇ……」
　こ、困る……。
　瑞季くん、うんざりするだろうな。
　でも、みんなの前で私のこときらいって言ってたから、変な誤解されることはないはず。
「今日、矢代くんまだ来てないんだね」
　友香ちゃんが教室を見渡す。
　瑞季くんは……。
　熱がまださがってないのかもしれない。

　──あの金曜日の夜。
　瑞季くんの部屋を出てから、翌日生駒さんが戻ってきて私を家に送ってくれるまで、一度も顔を合わせることはなかった。
　お風呂からあがったあとは依吹くんと一緒にテレビを見

て他愛もない話をしたけれど、瑞季くんの話題になることはなくて。
　依吹くんは、それを避けているようにも感じた。
『依吹くんは好きな人とかいるの？』
　という私の問いかけには、
『……いないかな』
　って、ちょっと困ったように笑ってた。
　瑞季くんも依吹くんも。
　自分のことは、あまり話したがらない……。
「ねぇ、あさひちゃん」
　ふと、透き通ったきれいな声が聞こえたかと思えば。
　いつの間にか目の前に立っていた美結ちゃんの、大きな瞳が私をとらえた。
「あさひちゃん、矢代くんの幼なじみだったんだね」
　美結ちゃんの目は色素が薄くて、キラキラしてる。
　薄くお化粧はしてるみたいだけど、至近距離で見ても素肌がすっごくきれいだってわかるし、鼻筋もスッと通ってて、美人だ。
　そんな美結ちゃんに数センチ高い位置から見つめられて、思わず１歩退いてしまう。
「幼なじみだけど、家がちょっと近いだけで、仲いいとかじゃないから……」
「そうなんだね」
　美結ちゃんはあの日、瑞季くんが私のことを『きらい』って言ったのを聞いていた。

わざわざ話題を振ってこなくたって、いいはずなのに。
「仲よくなくても、まわりの人より知ってることってあるでしょ？　過去に付き合った女の子のタイプとか……知らない？」
「え……」
　その言葉を聞いて、ああそうかって納得する。
　美結ちゃんが瑞季くんのことを好きなのはわかってた。
　でもその好きは"特別"で、美結ちゃんは瑞季くんの彼女になりたいんだ……。
「矢代くん最近みんなに優しいし、遊びにも付き合ってるし、正直他の女子に取られないか心配なんだよね」
　こんなきれいな女の子に想われていたら、瑞季くんも悪い気しないよなぁ……。
「協力してほしいっていうわけじゃないんだけど、あさひちゃんにいろいろ教えてほしいなって」
　いくら金曜日に私と会ってくれることになったからって。
　たとえまた距離が近づいて、昔みたいな仲よしの関係に戻れたとしても、瑞季くんは私のことなんか――。
「――あさひちゃん？」
　ふわっと甘い香りがしたかと思うと、今度は下から顔をのぞき込まれた。
　相づちも打たないで考え込んでたから、不思議に思ったみたい。
　あわてて笑顔を作ったのはいいけど、口にする言葉が見

つからなくて目をそらしてしまう。
「えっと、矢代くんは……」
　過去に付き合った女の子？
　中学３年生までずっと一緒にいたけど、彼女なんて……聞いたことがない。
「彼女とかは、」
　──いなかったよ。
　言いかけて、やめた。
　だって。
　本当にいなかった……？
　私が知らなかっただけで、本当は付き合ってる子がいたのかもしれない。
　瑞季くんのことを好きな子は昔からたくさんいた。
　ずっと一緒にいたはずなのに、自信を持って答えることができない。
　話さなかった期間が長すぎて、昔の記憶さえ曖昧になってくる。
　それに、瑞季くんが私を避け始めたのは、もしかしたら彼女ができて、私の存在が鬱陶しくなったからなのかも。
　それを考えるなら、本当は今だってわからない。
　美結ちゃんとはまだ付き合っていないみたいだけど、美結ちゃんが告白すればオッケーする可能性も十分すぎるくらいあると思うし。
　それか、実はもう付き合ってる子とか……いるかもしれない。

「美結ちゃんごめん。わかんない……」
「えっ?」
「矢代くんは、私と話したがらないから」
「……」
　微妙な間があって、美結ちゃんは「そっか」と一瞬気まずそうな顔をしたあと、いつもの笑顔に戻った。
　ちょうどその直後にホームルームの予鈴がなる。
　先生が来るのはいつも予鈴から5分以上経ってからだから、誰ひとりとして席につこうとする人はいない。
　だけど、その数秒後。
　教室の前のドアが静かに開いた。
　一瞬にしてシン……と静まりかえる教室。
「……なんでこんな静かなわけ?」
「さあ」
　姿を現したふたりに「なんだお前らか」と胸をなでおろす男の子たちと「遅いから来ないかと思った〜」って甘い声で駆け寄っていく女の子たち。
　ふたり——瑞季くんと山崎くんは、まわりをテキトーにあしらいながら中に入ってきた。
「矢代くん〜おはよう!」
　私のとなりに立っていた美結ちゃんも声をあげる。
　その声に反応した瑞季くんの視界には、当然私も映ってしまうわけで。
「……おはよ」
　美結ちゃんに向けられたその挨拶に、胸がキュッとせま

くなったように苦しくなった。
　目が合わないように、やや下を向いて瑞季くんの足もとを見つめる。
　瑞季くんがこっちに向かってきてる。
　……どうしよう。
　ここは私の席だから変に避けるのもおかしいし。
　美結ちゃんと話すのなら、どこか離れたところにしてほしい。
　仲よさそうに話すふたりを見たくないし、これ以上瑞季くんのことで頭をいっぱいにしたくない。
　瑞季くんの足音。
　近づいてきて、私の目の前で止まる。
「あさひ」
　はっきりと名前を呼ばれ、ビクッと肩をふるわせる。
「体調、どうもない？」
　本当に私に向けられた言葉なのかと疑ってしまうほど、その声はやわらかくて、優しい。
　とまどいながらも顔をあげると、瑞季くんの瞳はたしかに私を捉えていた。
「……だ、大丈夫」
　となりに美結ちゃんがいるという緊張感も合わさって、か弱い声しか出なかった。
「よかった。俺の風邪がうつってるんじゃないかって心配した」
「っ。大丈夫だよ、全然」

「あのあとよく眠れた？」
「うん」

　待って……待って。

　今、ものすごくナチュラルに私に話しかけてるけど、ここ、学校だよ……？

　となりに、美結ちゃんがいるんだよ？

　しかも『あさひ』って呼んだ。

「まあ、バカは風邪ひかないって言うしね。今週の金曜日までには俺も体調万全にしとくから」

　じゃあまた、って言って、ぽんと頭の上に優しく手を置かれた。

　時間差で、カアッと顔が熱くなる。

　だけど、状況がいまいち飲み込めてないというように目をパチパチさせている美結ちゃんと視線がぶつかって、心の中は一気に冷えてしまう。

　美結ちゃんが驚いてるのも当然だ。

『あのあとよく眠れた？』

　だなんて、一緒にいたことを隠すつもりがまるでないような言い方。

　口調もなにもかも、完全に学校での"矢代瑞季"で。

　他のみんなと同じ態度で接してもらえたことに嬉しさ半分、とまどい半分。

「……あさひちゃん、もしかして矢代くんの家に泊まったの？」
「へっ」

「学校では全然一緒にいないのに、本当は休日は一緒に過ごしたりする仲？」
「そ、そういうんじゃないよ……！」
　否定したのに、美結ちゃんは疑わしげな目で私を見て、そのまま瑞季くんのあとを追いかけていってしまった。
　どうしよう、と頭を抱える。
　美結ちゃんに私たちの関係を誤解させちゃったかもしれない。
　瑞季くんの家に泊まったことは事実だけど、あれは瑞季くんを看病する人が必要だったからっていうことと、依吹くんが私に会いたがってたから……だよね？
　だけど、これからは金曜日に私と会ってくれるって言ってたし。
　学校でも、普通に話しかけてくれた……。
「あさひ大丈夫？　美結になにか言われたの？」
　気を遣ってか、少し離れたところで様子を見ていてくれた友香ちゃん。
「ねえ友香ちゃん、瑞季くんと私の関係ってなんだろう」
「……どうしたの、急に」
「いや、やっぱりなんでもない……」
「……そっか。もうすぐホームルーム始まるし、またあとで話聞くからね」
「うん……ありがとう」
　だめだ。わかんないことばっかり。
　瑞季くんはもう、私のこと〝きらい〟じゃないって思っ

ていいの……?

　次の時間が化学の研究授業ということで、10分はやめに終わった数学。
　友香ちゃんと一緒に廊下に出ると、数歩先に瑞季くんと美結ちゃんの背中が並んでいた。
　瑞季くんのとなりにいた山崎くんはうしろを振り返ったかと思うと、歩幅(ほはば)を縮めてさりげなく私のとなりに立つ。
「あいつの家に泊まったんだって?」
「あ、うん」
　相手が山崎くんだから隠す必要もないかなと思って首を縦に振る。
　そんな私を見て神妙(しんみょう)な顔つきになると、しばらく黙り込んでしまった。
　数秒後、
「……誤算」
　と、聞こえるか聞こえないかくらいの小さな声が耳に届いた。
「あいつさ、もう学校でも平気で中瀬さんに話しかけてたね」
「うん……」
「よかったと思ってる? "優しい瑞季くん"に戻って」
「え……」
　そりゃ……ちょっとは嬉しい気持ち、あったよ。
　でも山崎くんの不安そうな顔を見たら、そんな気持ち—

瞬で消えてしまう。
「本当に好き？　瑞季のこと」
「っ、うん……好き」
「好きなのに、そんな悲しそうな顔するんだね」
「……」

　言い当てられてハッとする。

　優しくしてくれるようになっても、なにか隠していて、本心を全然見せてくれない瑞季くん。

　距離は縮まっていても、心は遠くに置いていかれている気がしていた。

「俺が言うのもなんだけどね、瑞季はやめといたほうがいい」

　……そんなの、わかってるよ。

　葛西くんも言ってたもん。

　私に望みなんてないし、傷つくだけ。

　でも、もしかしてその他にも理由があるの……？

「今だって北野さんと放課後の約束してた。あいつ最近、相当遊んでるよ？　同級生だけじゃない、来る者拒まずだし」
「……」
「今すぐきらいになれってのは難しいかもしれないけど、他の男に目を向けるのもありだと思うよ」
「……う、ん」

　そううなずくのが精いっぱい。

　瑞季くんと仲いい山崎くんにまでそんなこと言われて、

頭の中がもういっぱいいっぱい。
「……ごめんね、本当は応援したいんだ。中瀬さんのことも、あいつのことも」
　それだけ言うと、また足を速めて、瑞季くんのとなりに戻っていってしまった。
　もうすぐ化学室だ。
　目の前に並んでる瑞季くんと美結ちゃんの距離は、相変わらず近いまま。
　やっぱり、私が特別なわけじゃないんだ……。
　金曜日のことなんて忘れてしまいたい。
　瑞季くんのこと、好き。
　でも、ほんのちょっとでも期待させるような態度をとったくせに……。
　誰にでも優しい瑞季くんはきらい。

「……あ、座席表出てるよ」
　気づけば化学室の手前まで来ていて、友香ちゃんが指さすほうには人だかりができていた。
　背の高い男子たちが囲んでいるから、近くに行って確認することはできない。
　それにしても、研究授業の直前に座席表を貼り出すなんて白井先生は本当に余裕がないというか、テキトーというか。
　席のことは、私が前もって確認しておくべきだったかなと反省した。

「うわ、グループまで合同かよ」
「窮屈そー」
　聞こえてきた会話から、席は２組の人たちと一緒になってることを把握した。
　少し手前のほうから「矢代くんと一緒だ……！」なんて女の子のはしゃいだ声も聞こえてきた。
　ぼんやりと、はやく終わらないかなぁ……なんて考える。
　学校にいると、どうしても瑞季くんを目で追ってしまうから……。
　瑞季くんのこと、今はあんまり考えたくない。
「あたしたちの席、うしろの壁側みたいだよ」
　友香ちゃんが紙を確認して教えてくれる。
　友香ちゃんとは普段の化学の班も一緒。
　気軽に話せる人が同じ班にいるって心強い。
　中に入って指定された席につこうとしたら、
「あさひちゃん」
　と、うしろから呼び止められた。
　葛西くんだ。
「奇遇だね、俺と一緒の班だよ」
「そうなの？」
「うん。よろしくね」
　ニコッと爽やかな笑顔を投げかけられると、やっぱりこの人はかっこいいなぁと思う。
　あくまでも客観視した意見だけど、前にも感じたように、まとってる空気は瑞季くんと似たものがある。

チャラさとはまたちがう。
　誰にでも同じように軽々しく接することで、素顔を隠しているように感じさせるところとか。
「中瀬ー、葛西ー、ちょっと来て」
　みんなが席につき始めた頃、いつもより少しはやくやってきた白井先生に前へ呼び出された。
　室内には県外から来たと思われる先生方がすでに10人ほど並んでいる。
　葛西くんが席を立ったあと、少し距離を置いて追いかけた。
　ふと視線を感じてなにげなくそこに視線を移すと、瑞季くんがいた。
　いつもならすぐにそらして無視するはずなのに、まっすぐに私を見ている。
　ドク、と心臓が鳴る。
　こちらからそらそうにも、タイミングを見失ってしまった。
　……というより、その視線に捉えられて動けない。
「――あさひちゃん？」
　葛西くんの声にハッとして前を向く。
「ごめんっ、すぐ行く」
「……」
　急いで駆け寄ると、なぜか顔を近づけられた。
「……なに？」
「いやー？　ちょっと試してみてるだけ」

そっと腰のあたりに手を回されてドキッとする。
　とくに意味はないボディタッチかもしれないけど……葛西くんは他の女の子にも、日常的にこんなことしてそうだし。
「あの、近くない？」
「わざとだよ」
　耳もとでささやかれた声はなんだか色気たっぷりで、肩がビクッとあがってしまった。
　みんながいるのに、やめてほしい……。
「離れて……」
「あとで殺されるかもなぁ俺」
「え？」
「なんでもないよ。行こ？」
　おたがい小声で話してるから、まわりの人には余計に怪しまれるんじゃないかと、別の意味でドキドキしてくる。
　教卓前まで行くと、案の定「遅い」としかられた。
「プロジェクター忘れたから取ってきて。職員室の俺の机の下にあるから」
　本番直前にどれだけのん気なんだろう……とあきれるけれど、大勢の先生の前でそんなことを口に出すわけにもいかず、黙ってうなずいた。
「じゃ、よろしく。ちょっとくらい遅れてもいいからな」
　そんなテキトーな言葉で教室外に送り出された私たち。
　ドアを閉めた瞬間、化学室からの音が遮断されて、ふたりだけの静かな空間になった。

「廊下はやっぱ寒いな」
「うん」
「私立は廊下にも暖房付いてるとこあるらしいよ」
「そうなの？　うらやましい」
　だよなーって笑う葛西くん。
　普通に話してるけど、どこか意識してる自分がいる。
　瑞季くんとのつながりがなんなのか……とか、いろいろ考えてしまう。
「見て、息白い」
　私の歩調に合わせるようにゆっくり歩いてくれてる葛西くんには、急ごうなんて気はちっともないらしい。
「あさひちゃんて、いつまで経っても他人行儀だね。俺に」
「……知り合ってまだそんなに経ってないよ」
「一緒にいた時間なんて関係ない。短くたって愛は生まれる」
「……」
　クサいセリフだけど、なんだか意味深に聞こえてしまって、なにも返せなかった。
　たしかに、私と瑞季くんは幼なじみとして他のどの友達よりも長い間一緒にいたのに、2年離れただけで心の距離も、うんと遠のいてしまった。
　一緒に過ごした時間の長さなんて、頼りにならないんだ。
　黙っていると、また葛西くんが口を開く。
「俺のこと名前で呼んでほしいなぁ」
「えっと、」

「……だめ?」
「ううん。いい、けど」
 とくに断る理由もない……けど。
「……まさか知らないの?」
 ぐっと言葉に詰まる。
 言われてみればそうだ。
 葛西くんの下の名前、知らない。
「俺、この学校ではけっこう有名なほうだと思ってた」
「有名だと思うよ……? 友香ちゃんがそう言ってたし」
「はは。あさひちゃんどんだけ俺に興味ないの」
 ごめん、と小さく謝ると、また笑われた。
「穂希だよ」
「ほまれ、くん」
「そーそ。ちゃんと覚えててよねぇ」
 かさいほまれ──葛西穂希。
 フルネームで聞くと、たしかに聞き覚えがあるかもしれない。
「俺さ、あさひちゃんと仲よくなりたい」
「う、うん……」
 ぎこちない返事しかできない。
 男の人に"仲よくなりたい"なんて言われたことないし。
 このくらいで照れてるチョロい女って思われてるのかなぁ。
 そもそも、葛西くんの言う『仲よくなりたい』ってどんな意味だろう。

友達として？　なら、いいんだけど。
　女の子に相当モテるみたいだし……まさか私、遊ばれようとしている？
「葛西くんと仲よくなったらいろいろ大変そうだから、今までどおり苗字で呼ばせて？」
「えー？　なにそれ」
「だって、いろんな女の子と遊んでそうだし……」
「それは矢代クンも一緒でしょ？」
「っ」
　胸がズキッと痛んで、なにも言い返せない。
　葛西くんはニヤッと笑って、職員室のドアに手を掛けた。
「……俺が中に入ってプロジェクター取ってくるから、あさひちゃんはそこで待っといて？」
　目をそらしながら、うなずく。
　葛西くんが中に入ってドアが再び閉まったあと、そっと長い溜め息をこぼした。
　……瑞季くんも一緒。
　女の子と、遊んでる。
「──おまたせ」
　１分もかからず戻ってきた葛西くん。
　葛西くんの腕の中には、プロジェクターと、ホワイトスクリーン。
「片方持つよ？」
　と声をかければ、
「いや大丈夫だよ、俺ひとりで」

にっこりとした笑顔で断られた。
「でも、私だって化学係だし」
　なにか手伝わないと、ふたりで来た意味がない。
「でもこれ、あさひちゃんには重いかも。女の子なんだから、無理しなくていいんだよ」
「そんなに非力じゃないよ私」
　なかば強引にホワイトスクリーンを奪い取った。
　たしかに長くはあるけど、持てない重さじゃない。
「……あさひちゃんて、よくわからない子」
　葛西くんは、面食らったような顔でそう言った。
「え？」
　よくわからない？
　なんで？　どこが……？
　そんな感情を込めて見つめると、めずらしく葛西くんのほうから目をそらされた。
「なんて言ったらいいかわかんないんだけどね？　んー、ひと言で言えば、扱いにくい」
「……扱いにくい、ですか」
「うん。でもね、ほめ言葉」
「え……？」
「他の男になびかないくらい、矢代のこと好きなんだよね」
「……」
　なんて答えたらいいのかわからず、沈黙が流れる。
　始業のチャイムが鳴った。
「始まったね、授業。ヤバイかな……急ぐ？　あさひちゃ

ん」
「うん」
　化学室までは、数メートル先の廊下を曲がって、あとは突き当たりまでまっすぐ進むだけ。
　急ぐって言っても走り出す様子はなくて、ちょっと早足になったくらい。
　もしかすると私に合わせてくれてるのかもしれない。
　「よっ」と声をあげて、葛西くんが荷物を両手で支えなおして体勢を整える。
「……矢代さ、」
「うん」
　吐き出す息が相変わらず白い。
「あいつ秘密主義だから、俺も詳しいことはわかんないし、言えないんだけど」
「……うん」
「あいつの言うことは、なるべく信じてやって」
「……」
　いきなりなにを言い出すのかと思った。
　以前は『やめといたほうがいい』なんて言ってて、今度は『信じてやって』だなんて。
　まるで、瑞季くんの一番の理解者みたいな言い方。
　葛西くんは、瑞季くんが抱えているものの正体を知っているのかな？
「あさひちゃんが傷ついてもいいってくらい好きだとしたら、だよ。これはあくまでも」

傷つくってどういうこと……？
　とまどいながら角を曲がると、白井先生の声がわずかながら聞こえてきた。
　私たちを待つことなく、授業は始まってるみたいだ。
「本心であって、本心じゃない」
「……なに、が？　……どういうこと？」
「俺だってときどきわからなくなる。自分のしたいことと、しなきゃいけないこと。ごっちゃになって気が狂いそうだ」
　伏せられた瞳。
　笑顔が消えた葛西くんは別人に見えた。
「……今のは忘れてね。とにかく、俺は……俺たちは、今のうちしか自由に遊べないってこと」
　そう言うと、私の返事も待たずにドアを開けて中に足を踏み入れた。
「遅れてすみません。言われたもの持ってきました」
　みんなの視線が集まる。
　こんな状況では、もう話の続きをすることはできない。
　白井先生に荷物を渡して、静かに席につく。
「おかえり。今47ページだよ」と、友香ちゃんが小声で教えてくれた。
　向かいには葛西くんが座ってる。
　葛西くんの言う"俺たち"って、たぶん、葛西くん自身と、瑞季くんのことだ。
　自由って言葉に引っかかった。
　ふたりの家はとても裕福だけど、その分いろいろな圧力

とかに悩まされているのかもしれない。
　私には……全然わからない世界だ。

「葛西と中瀬ー。片付けは任せた。黒板とか椅子とか、まぁいろいろよろしく。俺は今から会議だから」
　50分間の研究授業が終わって、やっとお昼休みに入ったと思ったら、さっそく白井先生に捕まってしまった。
　意外なことに葛西くんはイヤがる素振(そぶ)りも見せずにOKして「先生お疲れさまでした〜」と労(いたわ)りの言葉までかけている。
「あたしも手伝うよ」
　持っていた教科書類を机の上に戻して、黒板消しを手に取る友香ちゃん。
「黒板はあたしがやっとくから、ふたりは椅子戻しに行きなよ」
「うん。ありが——」
　お礼を言いかけた瞬間、
　ふと視線を移した先に、瑞季くんがいて。
「……遼平、先戻っといて」
　となりにいた山崎くんにそう告げたかと思えば、まっすぐこちらに歩み寄ってくる。
「椅子どこ運ぶの？　俺も手伝うから」
　信じられない言葉に固まったまま、瑞季くんを見あげる。
　……手伝ってくれるの？　どうして？
「葛西も、教室戻っていいよ」

「……」
　瑞季くんを見つめながら、少し考えるように首をかしげた葛西くん。
　数秒後、
「わかった」
　あっさりうなずいたかと思えば、私の肩にそっと触れてくる。
「またね、あさひちゃん。お疲れさま」
「……っ。うん」
　いちいち、距離が近い。
　そんな耳もとでささやかなくたっていいのに。
　癖なのかな。
　葛西くんがドアから出ていった直後、ガチャンと荒々しい音が聞こえた。
　それは、瑞季くんがパイプ椅子をたたむ音。
「なにぼうっとしてんの。さっさと動いて」
　冷たい声の響きにビクッとする。
　そこにいるのは、もう"みんなの瑞季くん"じゃない。
　ごめんと小さく謝って、あわててそばに駆け寄る。
「お前いくつ持てる？」
「え？　えっと……」
「3つ、いける？」
「わっ」
　折りたたまれた椅子をいっぺんに手渡された。
　無表情だけど、なんか……怒ってる？

「あの……あと2つくらいなら、持てるよ」

　この椅子は比較的(ひかくてき)軽い。

　瑞季くんは無言でもうひとつ、差し出してきた。

「右と左でふたつずつだったらバランスとれるだろ」

「み……ずきくんは6個も持ってくれるの？」

　おそるおそる下の名前で読んでみたけど、怒る様子はない。

「余裕。……ほら行くよ」

　少し声のトーンが落ちて、やわらかい響きになった。

　急にまたそんなふうに優しい態度をとられたら、ドキドキしてしまう。

　胸の奥から、どんどんあったまっていくような感覚。

　さっきは寒いと感じていた廊下も、今は暑いくらい。

　お昼休みに入った校内はたくさんの人が行き来していて、廊下に出ると何度も人にぶつかりそうになる。

　視聴覚室に着くまでの間、女の子たちからの熱い視線を痛いくらいに感じた。

　やっぱりどこにいても目立つ瑞季くん。

　私と一緒にいるのをみんなに見られたくないだろうな、と思ってそっと距離をとると、瑞季くんはふいにこっちを振り返った。

「どうした？　重い？」

「え？　あ、いや、大丈夫……」

「そう。あんまり離れるなよ、不安になる」

「っ、うん」

調子狂う。
　学校で普通に接してくれているだけで驚きなのに『離れるな』とか。
　深い意味はないってわかってるのに、心臓がうるさい。
　そんな時だった。
「矢代くんー！」
　前方から声が飛んできたかと思うと、突然、まわりを4人の女の子グループに囲まれた。
「ねぇ、ふたりって幼なじみなの？」
　直球でそんなことを聞かれて固まってしまう。
　圧力に負けて直視はできないけれど、この顔ぶれは知ってる。
　同じクラスじゃないけど、美結ちゃんたちと話しているのをときどき見かけるから、幼なじみって伝わったのは多分そのつながりだと思うけど……。
　広まっちゃうなんて、また、瑞季くんに迷惑かけちゃう。
　青ざめていると、
「そうだよ」
　と、私のとなりで瑞季くんがあっさりとうなずいた。
　ビックリしすぎて『ええっ!?』と声をあげそうになる。
「それが、どうかしたの？」
　瑞季くんの爽やかな作り笑顔。
　圧力を感じたのか、女の子たちは「ううん。ちょっと聞きたかっただけ！」と言って離れていってしまった。
　緊張ととまどいで心臓がうるさい。

椅子を抱えなおして、瑞季くんを見あげる。
「……否定しなくてよかったの？」
「べつに……。好きに言わせとけばいい」
「でも、瑞季くんはイヤだよね？」
「……」
　返事はない。
　私の声なんて聞こえてないとでもいうように、まっすぐに前を見つめている。
　どうして？　私のこときらいなんじゃないの……？

　やがて視聴覚室の前まで来ると、瑞季くんはいったん自分の椅子をおろしてドアを開けて、先に私を中に入れてくれた。
　中は誰もいなくて、カーテンがかかってるから暗い。
　照明スイッチを押すと、蛍光灯(けいこうとう)のまぶしい光が目にしみた。
　あとから入ってきた瑞季くんが、ゆっくりとドアを閉めると、ここはふたりだけの空間になる。
　視聴覚室内のパイプ椅子が収納されている小部屋には窓もなく、いわば密室。
　瑞季くんとふたりきりでいるだけでも心臓が鳴りやまないのに、中に入るとドキドキ感が増してさらに息苦しい。
「ん、」
　私が持っている椅子を取りあげて、まとめて片付けてくれる瑞季くん。

手が触れ合ってドキンと心臓が跳ねる。
　瑞季くんは気にも留めない様子で、どんどん手際よく並べていく。
　そんな姿に胸の奥がきゅうっとなって、体温があがったように感じる。
　直視できない。
　瑞季くんといると、自分がいつも変になってしまう。
「あさひ、」
　最後のひとつを並べ終えたと同時に、そっとささやくような声が、響いて消えた。
　ここは誰もいない視聴覚室の中の、さらに小さな室内。
　ふたりで入っていると、肩が触れ合いそうになるくらいせまい。
　急に瑞季くんの手が伸びてきて、
「……普通に触らせてんなよ」
　指先が私の肩に触れるギリギリのところで止まる。
「葛西」
「っ」
「……と、最近仲いいよね」
「それは……係が一緒だから」
「……」
「そもそも、そんなに仲よくなんてないよ……」
　顔を赤くして精いっぱい答えてるのに、瑞季くんはなんの表情もなく、じっと私を見つめてくる。
　どうして、そんなこと聞くの？

私が葛西くんと仲よかったら、瑞季くんはどう思うの？
「あんまり、俺以外に隙作らないで」
　少し間をおいてから、小さな、でもはっきりした声でそうつぶやいた。
「隙……？」
「俺はお前が幼なじみだって、もう隠すつもりないよ」
「っ、本当に？」
　瑞季くんがうなずく。
　瑞季くんの優しい言葉に対するドキドキと、今にも彼と触れ合ってしまいそうな距離にいる緊張感がまざって熱があがり、頭の中のブレーキみたいなのがゆるんでいくのがわかる。
「瑞季くん……」
「うん」
「なんで、いきなりそんなこと言うの……？」
「……なにが？」
「どうしてまた、急に優しくしてくれるの……？」
「……」
　瑞季くんとこうやって一緒にいられること、嬉しい。
　だけど、どうしても不安のほうが大きくなってしまう。
　また、突然「きらい」って言われたらどうしようって。
　距離が縮まったら、その分、また離れてしまった時のショックは大きくなるから。
「瑞季く──」
「うるさい……黙って」

かすれた声。
　きつい力で抱きしめられた。
　瑞季くんの匂いと体温に包まれる。
　背中にしっかりと腕が回されていて、苦しいくらい。
　首筋にかかる吐息の熱さに、ドキンと心臓が跳ねあがる。
「みっ、瑞季くん……!?」
　あまりにも突然の出来事すぎて、声が裏返ってしまった。
「……」
「どうしたの……？　まだ、熱さがってないの？」
　抱きしめられてるせいで、瑞季くんがどんな表情をしているかわからない。
　でも、なぜか、悲しそうな顔をしているような、そんな気がした。
「大丈夫……？」
「大丈夫じゃないよ」
「……」
「お前のせいだ」
　消え入るような声だった。
　また、瑞季くんは私のせいにする。
　理由を話してもくれないくせに。
　なにも言わないで『きらいだ』って、突き放して。
「……瑞季くんは、ひどいよ」
　瑞季くんに冷たくされる度(たび)に喉まで出かかっていた言葉が、口からぽろっとこぼれた。
　ハッとして瑞季くんの様子をうかがうけど、体をずらし

てやっと見えた横顔からは感情が読みとれなくて。
「うん」
「うん、って……意味わかんないし」
「俺のこと好きにしていいよ」
「えっ?」
　会話の流れがつかめない。
　好きにしていいよって、どういう意味?
　わからない……けど。
「もう下の名前で呼んでも……いいの?」
「うん」
「怒らない?」
「うん」
「学校で話しかけても、いい?」
「うん」
「……っ、瑞季くん……」
　──好き。
　やっぱり、どうしようもなく好き。
　下の名前で呼び合えて、普通に話せるんだったら、もうそれだけでいい。
　十分だよ。
　彼女になれなくても、またそばにいられるなら、それだけで幸せだから……。
「……金曜日、ちゃんと空けとけよ」
　それだけ言い残して、瑞季くんは部屋を出ていった。

第4章

やさしさ

【瑞季 side】
　あさひが家に来たあの日から4日経った、火曜日。
　放課後、校舎を出て外の空気を吸い込むと、鼻の奥がツンとした。
　すっかり日が落ちた、真っ黒な校庭をゆっくりと歩く。
　白い吐息だけがぼんやりと浮かんでは、闇に消えて。
　校舎を見あげると、まるで世界に自分だけ取り残されたような、そんな感覚になる。
　今は、誰も自分を見ている人はいない。
　そう思うと気が楽だった。

　……ひとりになりたい。
　最近考えるのは、そんなことばかり。
　——今日は、女子たちの誘いをテキトーな言葉で断って、図書室の奥にあるソファで本を読みながら放課後を過ごした。
　読書は現実から逃げるためのひとつの手段だと思っていたのに、本の内容なんてまったく頭に入ってこなかった。
　下校時間を過ぎて外に締め出されても、こうして学校の敷地内に留まったまま、帰れずにいる。

　さっきからずっと、ポケットの中でスマホが振動してい

る。
　放置していても鳴りやむ気配がないので仕方なく取り出してみると、画面中央に弟の名前が表示された。
『生駒さんが心配してる。どこにいるのか知んないけど、はやく帰ってきて』
　スマホを耳に当てると同時に、冷静かつ端的(たんてき)な言葉で用件を伝えてくる依吹。
　返事をする間もなく電話は一方的に切られ、電子音だけが虚(むな)しく残った。
「……もう少ししたら帰るよ」
　そうつぶやいて、画面をしばらく見つめる。
　それから再びポケットにしまおうとした時、スマホが手の中からするりと滑(すべ)り落ちた。
　あ……しまった。
　と、地面に正面からぶつかった端末を見て、ぼんやりと考える。
　次に、それを手放してしまった自分の指先に焦点を移した。
　そこで、自分の体が冷え切っていることにようやく気づいた。
　手袋すらはめてない手は、すっかりかじかんでしまっていて、もはや感覚すらない。
　拾おうとして屈んだ姿勢を取ると、関節が鈍く痛んだ。
「……やっぱ」
　凍えてしまっている。

スマホをなんとかつかみあげても、うまく力が入っているのかさえわからない。
　手袋はないにしても、せめてカイロとかがあれば、まだマシだったかな。
　最近、自分でもあきれるほどいろんなことに無頓着だ。
　外の天気にさえ……。
　生活の中に、寒いとか、そういうのを感じる余裕すら、ないんだと思う。
　今日は冷えるからあったかくしていこう、とか。
　学校へ行く前に、みんなが当たり前に考えていることなのに、頭の中は、いつだって――。

　手のひらの上で、再びスマホが振動した。
　なんとなくイヤな予感がした。
「……もしもし」
『瑞季様』
　相手は、生駒さん。
　ただ名前を呼ばれただけ。
　いつもと変わらない声で。
　それなのに、なぜか、一瞬でその場に凍りついてしまった。
　さっきの依吹からの電話で、生駒さんが俺を心配していることは知っている。
　同じ内容でわざわざ掛けてくるなんてことはありえない。

俺から生駒さんに掛けることはあっても、なにか特別なことでもない限り、生駒さんから俺に掛かってくることはめったにないからだ。
　──そう。
　なにか、特別な……こと。
『旦那様が急遽、お戻りになられました』
　頭の中は、妙に冷静だった。
『今、瑞季様をお迎えにあがりますので──』
「学校にいる。……いつもの道、歩いて帰ってるから」
　返事を待たずに切った。
　さっきまで平常だった鼓動が音を変えた。
　ドク、と冷たい音を鳴らす。
　今は……年末にかけて仕事が一番忙しい時期のはずだ。
　そんな時に、父さんが家に……。
　──年末。
　そういえば、あと1週間もすれば、学校は冬休みに入る。
　冬休みなんて言葉、頭からすっかり抜けていた。
　たしか、来週の月曜日が終業式のはずだ。遼平が、月曜にわざわざ学校に行かなければならないことに文句を言っていた。
　そんなことより……今は父だ。
　戻ってきた理由はわからないけれど、俺にとって幸か不幸かと言われれば、おそらく後者。
　帰宅すれば、すぐさま部屋に呼ばれるだろう。
　ただでさえ息苦しい、あの家───。

瞳を閉じて、思考を巡らせる。
　あの人の思う"矢代瑞季"を頭の中に描いて、じっくり、確かめるようになぞった。

　校門を出て5分ほど歩いたところで、生駒さんの車が道沿いに静かに停車した。
　ドアが開き、車内に足を踏み入れる。
　中には、なぜか依吹も座っていた。
「お前、なんで……」
　読んでいた本にしおりをはさんで、俺を見る。
「なんとなく」
「なにそれ」
「……兄ちゃんが父さんに会う前に、ちょっと話したいことあって」
「……なに」
「……」
　沈黙。
　依吹は結局なにも言わないまま、再び文庫本に視線を落とした。
　車が走り出す。
　このまま家に着かなければいいのに、とか。
　バカな思考しか浮かんでこない。
　心を落ち着けるため、ゆっくりと瞳を閉じる。
　ページをめくる音と、タイヤの摩擦音だけが車内に響いていた。

「瑞季様。依吹様。到着致しました」
　運転席から声がかかり、浅い眠りの世界から現実に戻される。
　パタン、と音を立てて依吹が本を閉じた。
「兄ちゃん」
　目を合わせずに、ぼそりと小さな声で話しかけてくる。
「兄ちゃんは……」
「……なに？」
　またしても黙り込む依吹の顔をそっとのぞき込んでその先を急かすけれど、少し待ってみても口を開く気配はない。
　あきらめて、そのまま車を降りる。
「……瑞季様。だめですよ、そんな寒い格好をなさっていては。風邪をひいてしまいます」
　生駒さんがコートを差し出してくれたけど、断った。
「もう、すぐ玄関だし大丈夫」
「……明日からはきちんと防寒なさってくださいね」
　玄関をくぐって、真っ先に浴室へ向かった。
　洗面台の熱い湯で手を温めたあと、ゆっくりと顔を洗う。
　濡れた前髪をうしろになでつけた。
　鏡に映った、余裕のない自分の表情にイライラする。
　父親と顔を合わせるってだけで、緊張して、冷静じゃいられないなんて。
　タオルで顔を拭き部屋を出ようとした時、入れちがいで依吹が入ってきた。
　ちらりとこちらを見上げてくる。

「……父さん、兄ちゃんとふたりきりで食事とりたいって」
「……そう」
「うん。……それと」
「……」
　また、さっきと同じ目で見てくる。
　なにか言いたそうで、でもためらうように揺れている。
「……なんなの、さっきから。言いたいことあるなら言え」
　依吹はうつむいた。
　それから、か弱い声で小さくつぶやく。
「兄ちゃんは、絶対、あさちゃんを傷つけるようなことしないよね？」
　不安で仕方ないというような顔をして。
　返事をしない俺をおそるおそる見あげたかと思えば、制服の裾をぎゅっと握ってくる。
「ねえってば……しないよね？」
　久々に、こんな依吹を見た気がした。
　中学に入ってから、いつもどこか冷めたような態度ばかりで、まわりに甘えることもしなくなったから。
　表情などに幼さは残っているものの、他の中学生たちと比べれば明らかに大人びている。
　学校でのコイツがどうなのかはわからないけれど、少なくともこの家の中ではそうだった。
「必死だね、お前」
　ふっと微笑んで、依吹の頭にそっと手を置く。
　……仕方ない。

こんな環境(かんきょう)で育って、素直に生きられるはずなんてないんだ。
　本当の自分？　もう、わかんねぇよ。そんなの。
　まだなにか言いたそうな弟をひとり残して、部屋を出た。
　鈍い痛みが、胸の奥から消えないまま。

　数日前、依吹が言っていた。
　"あの子"のこと。
　以前はもっと元気で、明るかった。
　性格としては元からおとなしいほうではあったかもしれないけれど、自分に自信がないというような、弱気な部分を表に出すような子じゃなかった……と。
　過去のことは思い出したくない。
　過去のことというよりは、過去の自分自身、を。
　だって、たとえば、今まで生きてきた17年間の思い出バナシをしろって言われたとして。
　俺は、どうしたって"あの子"のこと抜きでは語れないから。
　過去をなかったことにはできないけれど、俺は、なかったこと同然にしようとした。
　……だけど、できなかった。
　俺の記憶から全部消えてしまえばいいのに。
　そう思うくらい"あの子"のことが憎(に)くて仕方ないのに、"あの子"には、一生俺のことだけ見ていてほしい。
　ずっと前から——歪んだハナシ。

思い出バナシ

【瑞季 side】
　こんなこと
　キミは一生知らなくていい

　小４の秋頃、学校全体で『大事な人に想いを伝えよう』というようなコンセプトのイベントが行われた。
　具体的には、日頃の感謝を込めて身近な誰かに手紙を書いて送るというもので、家族や先生など、誰に宛てて書いてもよかった。
　けれど、自分が誰に向けてそれを書いたのかは覚えていない。
　おそらく父か、生駒さんか弟か。
　もしくは、母——。
　文章はテキトーにすませて、結局誰にも渡さずに捨ててしまったのだと思う。
　手紙なんて興味がなかった。
　どうでもいいイベントだった。
　当時、すでに将来父さんの会社を継ぐことを自覚していた俺は、他の同級生に比べてだいぶ冷めた子どもだったと思う。
　それなのに、今でもこの日のことを鮮明に覚えているの

は……。
『みずきくん、帰ろ？』
　放課後、教室のドアから赤い顔をちょこんとのぞかせて。
　背中に手紙を隠し持ったあさひが、俺の元にやって来たから——。
　小学校時代、児童数が多いこともあってか、あさひと同じクラスになったことは一度もなかった。
　それにもかかわらず、定期的に顔を合わせないと気がすまなくて、毎日のようにたがいの教室を行き来していたし、一緒に登下校するのも当たり前だった。
　あさひといるのが楽だった。
　幼稚園からずっと一緒にいたあさひが、俺のことを一番理解してくれているのを知っていたから。
　低学年の頃は気にならなかったけれど、学年があがるにつれてまわりが自分によそよそしくなっていくのがわかった。
　友達と集団で悪いことをしでかしても、俺だけが怒られない。
　先生は腫(は)れ物に触るように俺を扱う。
　同級生の中には、仲よくしてくれるヤツもたくさんいたけれど、みんなどこか一線を引いていて。
　俺の機嫌をとるような態度や愛想笑い、過剰(かじょう)な気づかい。
　どれも死ぬほどイヤだった。
　そんなことは気にしてない、気づいてないふうを装って、俺もまわりに合わせて笑っていた。

自分が“矢代”の人間だから……仕方ないことなんだって。

自分が特別だなんて、俺はそんなこと思ったことすらなかったのに、他人はそうは思っていない。

自分を取り巻く世界に、軽く絶望していた。

そんな中でも、あさひは唯一心を許せる相手だった。

『これ、みずきくんに書いた』

そう言いながらもあさひの目線はななめ下を向いていて、恥ずかしそうにキュッと唇を結んでいた。

受け取った俺がなにか言う前に『ほら、はやく！　帰ろ!!』って無理やり腕をひっぱっていく。

『中身見ていい？』

『あーっ！　もう勝手に開けないでよ！　今はダメ、家に帰ってから!!』

『なんでだよ。ぼくに見てほしくて書いたんでしょ？』

『そうだけど……笑わないでね？』

そう言ったあさひの瞳は不安げに揺れていた。

あさひの教室を訪れると、大抵、あさひはいつもクラスの真ん中で笑っていた記憶がある。

あさひは人気者だった。

小さい頃は俺とよく遊んでいたせいか、男子の戦隊ヒーローごっこなどにも抵抗なく加わって、一緒にはしゃいでいて。

学年があがっても、外でバスケやドッジボールで遊んでいることが多かった。
　とにかく明るくて、元気で、よく笑う女の子。
　──今のあさひとは、正反対と言っていいほど。
　あさひのことを好いている男子は多かった。
　けれど油断していた。
　自分自身のことを特別だと思ったことはないけれど、あさひにとっての俺は特別な存在だと、自負していたから。

　もらった手紙は、机の中に大事にしまっていた。
　定期的に開いては読み返して。
　返事を書こうと鉛筆を持つものの、最終的には恥ずかしくなって、また机の中に戻す。
　そんなことを繰り返しているうちに、また、新しい手紙をもらった。
　今度は直接受け取ったのではなくて、いつの間にか筆箱の中にまぎれ込んでいた。
　授業中に女子たちがやり取りをしているようなメモ紙に、ひと言だけ書かれたメッセージ。

【今日の体育、みずきくんが一番かっこよかったよ
　　　　　　　　　　　　　　　　　　　あさひ】

　話を聞けば、あのイベント以来、女子の間で手紙のやり取りが急激に流行り始めたらしく、それからというもの、

あさひはときどき、そうやって俺に手紙を書いては顔を赤くしながら持ってきた。
　……嬉しかった。
　純粋(じゅんすい)に。
　あさひが自分のことを好きでいてくれること。
　そしてそれが、当たり前だと思っていた。
　今までもずっとそばにいて、これから先もずっと続いていく。
　あさひからの手紙が机の中に増えていくのが嬉しかった。

　初めて手紙をもらった日から１年以上たった小５の時のある日。
『ねぇ、便箋(びんせん)と封筒(ふうとう)ある？』
　気づけば母に話しかけていた。
『あるよ。誰に書くの？』
『……あさひ。前に手紙くれたから』
『そっか。……好きなの？　あさひちゃんのこと』
　まっすぐに見つめられ。
　どうしてだか、答えることができなかった。
　この頃から、自分の正直な気持ちを周囲に伝えるのが苦手になっていた気がする。
　……矢代家の長男として、進むべき道が用意されていることに、薄々気づいていたからかもしれない。

『みずきくん、これ……』
『何回言ったらわかんの？　いらないって』
『っ……ごめんなさい』

　あさひを最初に拒んだのは、それから間もない日の放課後だった。
　きっかけは、自分の中のバカみたいな嫉妬心。
　俺は自分が思ってるほどオトナじゃなかった。
　今思えば、まわりの誰よりも幼かった気さえする。

　返事の手紙を渡すタイミングがまったくつかめなくて、俺は何度もあさひの教室をのぞきに行っていた。
　そんな時、たまたま見てしまった。
　あさひが、他の男に手紙を渡すところを。

『なんで、受け取ってくれなくなったの……？』
『こんな年にもなって手紙って、お前は恥ずかしくないの？』
『……この前まで、笑ってもらってくれてたじゃん』
『っ、だいたいお前、他の男にも渡してるだろ』
『えっ？　渡してない！　みずきくんにだけだよ』
『嘘つくな』

　放課後、誰もいなくなった教室に声が響く。
　あからさまに嫉妬して感情的になっているだけなのに、あさひはそれに気づかない。
　目をうるませて、悲しそうに俺を見つめていた。

『本田くんはこの前、わたしが家の鍵をなくした時に拾ってくれて……そのお礼に書いただけ』

　お礼でもなんでもムカついた。
　あさひが俺以外に手紙を書くこと。
　彼女が困っている時に助けたのが俺じゃないことにも。
　どうしようもなく、子どもだった……。
『ていうか、お前からもらった手紙なんて全部捨ててるし』
　そんな嘘が、ぽろりとこぼれた。

　あさひ。
　そんなに悲しそうな顔をしないで。
　泣かないで。
　どうして傷つける言葉しか出てこないんだろう。
　ぼくはただ、キミのことが好きなだけなのに。
　背を向けて、逃げるように教室を飛び出したあさひ。
　その背中を見つめたまま、追いかけることもできず、ただ立ち尽くしていた──。

「……季」
　ぼんやりとした意識の中。
「瑞季！」
　ハッと現実に戻された。
　煙草の煙が鼻を突く。
　目の前には、厳しい顔をしている父。
「お前、人の話を聞いていたか？」

「すみません……ぼうっとしていて。えっと、当日は母さんも来るって話ですよね」
「そうだ。この家を出ていったにしても、一応はお前の母親だからな」
「……はい」
　重苦しい空気に息が詰まりそうだった。
　時計の秒針が進むのがやけに遅く感じる。
「それから……これが本題なんだが」
　父が、煙草を灰皿に戻した。
「相手方の都合で、結婚式の時期をはやめたいという申し出があってだな。来年の4月……お前の誕生日に」
　……ずっと前から覚悟していた。
　そもそもこれは、自分で決めたことだ。
　時期がはやまっただけで、結果はどちらも同じこと。
　それなのに。
　どうして俺は、こんなに動揺しているんだろう。
「一応、お前の意思も聞いておこうと思ってな。まあしかし、なんら問題ないだろう？」
「……」
「以前、お前にはちゃんと他の選択肢も与えた。それを選ばなかったのはお前だ」
「……はい」
　自分の意思。
　選んだのは俺。
　うなずくことしかできないんだ。

父の言っていることに、まちがいはひとつもないんだから。

　初めてあさひがくれた手紙を思い出して、胸が痛んだ。
　それでも俺は、この気持ちにフタをする──。

みずきくんへ

わたしがねぼうした時も
家の前で待っててくれてたり、
かれんちゃんにイヤなこと言われた時も
なぐさめてくれたり、
いつもやさしくしてくれてありがとう。

大人になったら、
みずきくんのおよめさんになりたいです。

あさひより

第5章

金曜日

【あさひ side】
　約束の金曜日の放課後、瑞季くんは当然のように私の席にやってきた。
　ニコリと優しい笑顔を浮かべて、
「どこに行く？」
　なんて聞いてくる。
　クラスの女の子の視線は痛いけど、私と瑞季くんが幼なじみなのを知っているせいか、誰もなにも言ってこない。
　瑞季くんと一緒に過ごせることが嬉しくて、胸の奥がじんわりと温かくなっていく。
「よ、よかったら私の家に来ない……？」
「えっ」
「親、残業で遅くまで帰ってこないから瑞季くんも気を遣わなくていいし……キラにも会わせたいから」
「……」
　口もとに手を持っていき、考え込む仕草をする瑞季くん。
　以前断られたことを、思い切って口に出してみたけれど。
　どうしよう、やっぱりイヤかな……？
「ご、ごめんね！　イヤならいいよ、他のところに──」
「いや、行く」
「え」
「あさひの家に行く」

決意したように瑞季くんが言った。
　今度は私のほうが固まってしまって。
　望みが薄いとは思いながらも、昨日は瑞季くんを家に呼ぶつもりで部屋を片付けた。
　だけど、いざ、ことが決まると一気に緊張が押し寄せてくる。
　何年ぶりだろう。
　私の家で、瑞季くんとふたりきりだなんて。
　私の家より何倍も大きくてきれいなのに、瑞季くんは自分の家が好きじゃないと言って、私の家によく遊びに来ていた。
　でもそれは、小学生の頃までの話。
　小学生と言っても、高学年から中学にあがるまでの間の瑞季くんとの記憶は……なぜか、曖昧だ。
　６年生の夏休みに、瑞季くんが捨て猫を拾って、それを私の家で飼うことになった。
　そのシーンは鮮明に覚えている。
　だけど、その時期の私たちがどのくらい一緒にいて、どんな話をしていたのか……記憶にもやがかかったみたいに、思い出すことができなかった。
「どうかした？　なにか考えごと？」
　瑞季くんに顔をのぞき込まれて我に返ると、もうそこはいつもの通学路だった。
　せっかくふたりで帰っているというのに、私ときたらうわの空で。

5年も前のことなんて、はっきり覚えてなくて当たり前なのに、なぜだか無性にもやもやし始めてしまった。
「あのね、夏休みのこととか覚えてる？」
「……夏休みって、いつの」
「えっと、5年生とか6年生の時、」
「知らない」
　即答(そくとう)だった。
「俺飲み物買ってくるけど、あさひはなにかいる？」
　まるで思い出すことを拒否するみたいに目をそらして、話題を変える瑞季くん。
「……ううん、大丈夫」
　私がそう小さく答えると「ここで待ってな」ってつぶやいて、瑞季くんはコンビニの中に入っていった。
　優しくしてくれるけど。
　瑞季くんはどうして、私との過去の話を避けようとするんだろう……？

「……ん」
　1分と経たずに戻ってきたかと思ったら、見慣れたパッケージの飲み物を渡された。
「瑞季くん、これ」
「ミルクココア。お前、冬は毎日飲んでただろ」
「え、あ、ありがとう……」
　私がよく飲んでいたもの、覚えててくれたの……？
　両手で持つと、手袋越しに温かさが伝わってくる。

「俺も同じの買った」
　そう言って、本当に袋の中から同じミルクココアの缶を取り出す瑞季くん。
　そして、
「おそろいの飲み物をふたりで飲むって、なんかいいだろ」
　フタをあけてちょっと照れくさそうに笑いながら、そんなことを言うんだ。
　瑞季くんの顔が赤らんでいるのは、きっと冬の寒さのせいなんだろうけど、ほんのちょっと期待してしまう。
　口の中に甘い味が広がって、幼かった時のこと、ひとつ思い出した。
　瑞季くんは市販の飲み物はあまり好まないのに、私がおいしいって勧めたものは一緒になって飲んでくれていたっけ。
「相変わらず甘っ……砂糖の量ヤバイだろこれ」
「久しぶりに飲んだかも、ミルクココア。やっぱりおいしいや……ありがとう」
「べつに」
　ちょっとずつだけど、瑞季くんと対等に話せるようになっている気がする。
　瑞季くんのひと言ひと言におびえていた時とはちがって、ちゃんと平静を保てているし、落ち着いて言葉を紡いで、返すことができていると思う。
「瑞季くんは昔から優しいよね」
「誰にでもいい顔できる子に育てられたからな」

「……でも、本当の瑞季くんも優しいの知ってるよ」
「なんだよ、本当の俺って」
　ふはっと声をあげて、苦笑い。
　それからふと、瑞季くんの表情がかげった。
「本当に、優しくなんかないんだよ。ごめんな」
　遠くを見つめて、ひとりごとみたいにそうつぶやく。
　ギュッと握りしめたミルクココアの缶は、外気のせいでいつの間にか冷たくなっていた。

「へぇ、大きくなったじゃん」
　玄関で出迎えてくれたキラの前にしゃがみこんで、スマホのカメラを起動させた瑞季くん。
　カシャッというシャッター音にキラはビクリと反応し、警戒するように１歩退いた。
「待ち受けにしようかな」
　なんて言いながらもう１回シャッターをきる瑞季くんは、なんだかいつもより幼く見えて笑ってしまう。
「俺のこと覚えてる？　……さすがに覚えてないかな。俺がお前を拾ったんだよ」
　ぎこちなく伸ばされた手に、キラはゆっくりと鼻を近づけて、それからすり寄った。
　その光景が微笑ましくて、私もこっそりスマホを取り出して撮影を試みた……けれど。
「なに撮ってんだよ」
　次の瞬間画面に映し出されたのは、瑞季くんの手のド

アップ。
　ピントを合わせる時の『ピコン』という音が聞こえてしまったらしい。
「今撮ったのちゃんと消せよ？」
「と、撮ってない！　瑞季くんが邪魔したから撮れなかった!!」
「本当？」
「本当だよ！」
「じゃあカメラロール見して」
　ひょいと右手が私のスマホに伸びてきて、隠す必要もないのだけれど反射的に逃げてしまった。
「貸せ」
　その言葉とともにつかまれた手首。
　ふわりと甘い匂いがして。
「……っ」
　はっと顔をあげると、すぐ近くで視線が絡んだ。
　瑞季くんに触れられている部分がじんじんと熱い。
　見おろしてくるまっすぐな瞳に心臓が跳ねあがる。
「え、と……」
　なにか言おうと頭を必死に働かせるけど、言葉にならない声がこぼれるだけ。
　瑞季くんの手が一瞬離れたかと思うと、その指先がそっと頬に触れた。
「顔、赤」
　恥ずかしくて、じわりと涙がにじんできそう。

抵抗することを忘れて、スマホはおとなしく瑞季くんの手に渡る。
　それなのに瑞季くんはスマホに視線を落とすことなく、視界に私を捉えて離さない。
　近い距離。
　ふたりきり。
　ドキドキ、なんてものじゃない。
　心臓がバクハツしそう……。
「……そんな顔して」
「……？」
「かわ、いい……から困る」
　──ドン。
　って、心の中に爆弾が落とされたみたいだった。
　ふたりきりという状況が幸せでふわふわと夢心地だったから、幻聴だったのかもしれない。
　だって、瑞季くん今……。
「部屋」
「へ？」
「あさひの部屋行く」
　手を引かれた。
　まるで自分の家を案内するみたいにトントンと階段をあがって、あっという間に私の部屋の前に立つ。
「入ってもいい？」
　コクコクとうなずくことしかできない。
　瑞季くんの手によって扉が開かれた。

つないでた手は自然と離されて、その直後に大きな溜め息が聞こえてきた。
　ベッドの前にドサッと腰をおろしたかと思えば、頭を抱えて項垂れる瑞季くん。
「はぁ……なんかもう、本当、だめだ」
「大丈夫……？　もしかして具合悪い？」
　顔を少しあげて、私を見る。
　そしてすぐ、そらした。
「ちがうよ、そんなんじゃねえ……」
　急に元気がなくなったみたい。
　どうしたのかな、やっぱり家はだめだったかな……？
　おそるおそるとなりに座って、控え目に顔をのぞき込んでみる。
「瑞季くん……？」
「あさひの匂いだ」
「えっ？」
「全部お前の匂いがする」
　熱っぽい瞳にドキドキして、いてもたってもいられなくなった私は、思わず立ちあがった。
「えっと私……お茶とか持ってくる！」
「いいよ」
「へ？」
「行かなくていいから」
　そう言った瑞季くんに、また腕を引かれて。
　決して強い力じゃないのに、引き寄せられるように座り

こんだ。
「あさひ、こっち向いて」
　瑞季くんの言葉はまるで魔法(まほう)だ。
　優しく名前を呼ばれただけで、他の考えごとが全部消えて、私の世界には瑞季くんしかいなくなる。
　指先が触れて、目の前がフッと暗くなった。
　そして、手で視界を奪われたあと……唇が、そっとふさがれた。
　それはほんの一瞬。
　手がゆっくりと離れていって、光が戻ってくる。
　ぶつかる視線。
　私が状況を理解しようと必死になっているのなんてお構いなしに、今度は首のうしろに腕が回された。
　……吐息がかかるくらい距離が近くて、心臓が破裂(はれつ)してしまいそう。
「ごめん、抑えきかない」
　魔法というより、麻薬(まやく)かもしれない。
　瑞季くんの声を聞くだけで、甘く、しびれてしまう。
「……っ」
　瑞季くんの手で後頭部を押さえられていて、落とされる唇を素直に受け入れることしかできない。
　丁寧なような、乱暴なような。
　どちらかわからない、キスの雨。
　確かめるようにじっくりと、でもどこか強引で。
　瑞季くんが酸素を奪っていく。

離れたと思ったらまたくっついて、そこから熱が伝わる。
　頭がクラクラした。
　初めての感覚に頭がぼうっとして、苦しいのに、どこか心地いい……。
「……み、ずきく……っ」
　息を切らしながら、無意識に名前を呼んでいた。
　瑞季くんへの思いがあふれてきて止まらない。
　言葉にならない代わりに瑞季くんの背中に腕を回して、ぎゅっと抱きしめ返した。
「あさひ」
「なに……？」
「他の男のこと、見るなよ」
「……瑞季くん以外の人なんて、見たことない」
　至近距離で見つめ合って。
　瑞季くんは笑っていた。
　今までで、一番優しい笑顔。
　それなのに、細められた目が、今にも泣きそうに見えた。
「俺の気持ちは、ずっと前から変わってないよ」
　そう言って、最後にもう一度、触れるだけの優しいキスをした。

思い出バナシ2

【瑞季 side】
忘れているのは、
キミとぼく
本当はどっちなんだろうね

手紙の件以来、あさひと顔を合わせることがないまま、小6の1学期が終わった。
俺があからさまにあさひを避けていたから。
くだらない嫉妬でひどいことを言って、本当に後悔した。毎日、謝りに行こうと思っても、あさひの傷ついた顔を思い出すと、胸がギュッと締めつけられて。
また自分の気持ちに素直になれずに、あさひを傷つけるようなことを言ってしまったら……と思うと、なかなか会いに行くことができなかった。

小6の夏休みは、宿題をして、男友達と遊んで、家庭教師から英語やドイツ語、フランス語などを習ったり。
生駒さんから経営や政治について教えてもらったり。
知識は身についたけど、今までで一番つまらない夏休みだった気がする。
勉強の息抜きに、あさひの家へ遊びに行くこともできな

い。
　あさひがいない俺の人生なんて、本当になんのおもしろみも、なんの価値もないんだっていうことに気づいた。

　だけど、そんな夏休みの最後の日。
『なにしてるの？　……こんな夜遅くに』
　午後9時過ぎ。
　気晴らしに家の近くの公園まで散歩に来ていた俺は、捨てられている仔猫を見つけて、連れて帰ることも見捨てることもできずに、たたずんでいた。
　そんなところに、あさひがひょっこり現れたんだ。
　何事もなかったかのように、普段どおりの接し方をしてくるあさひ。
　話を聞けば、俺が道を歩いているのが部屋から見えて、追いかけてきたと言っていた。
　また普通に話せていることが嬉しくもあり、同時にどこか残念な気持ちもあった。
　……あんなに傷ついたように見えていたのに、少し時間が経っただけで、あさひはもう吹っ切れているのかと思うと、悔しくて。
『なんか、瑞季くんと会うの久しぶりな気がするね』
『気がするんじゃなくて、実際かなり久しぶりだろ』
『……やっぱり、そうだよね。1回も、家来てくれなかったもん』
『だって、それは……』

『あんまり来ないから、今日だって追いかけていいのか迷っちゃった。そんなことより、この子の名前決めよ？　なにがいいかな？』

　なにか、どこかが変だと思った。

　……その時覚えた違和感の正体に、俺は気づくことができなくて。

　あさひと元に戻れたことに満足して、そのことはたいして気にも留めず、小６の夏休みが終わった。

　あの違和感がなんだったのか、今もまだ、わからないまま——。

　２学期が始まると、なにもかもいつもどおりだった。

　俺があさひの家に迎えに行って、一緒に登校する。

　変わらずたがいの教室を行き来するし、ヒマな時は家に遊びに行ったり、公園で雑談したり。

　そんな中、ただひとつ変わったこと。

　あさひといる時が一番楽だったはずなのに、となりにいると落ち着かないことが多くなってしまった。

　話していても、その頃まわりがよく話題にしていた恋愛については一度も触れることはなく。

　そのくせ、本当はあさひの心の中が知りたくて仕方ない。

　俺は、機会をうかがっていた。

　告白して、あさひを俺だけのものにすること。

　一度は傷つけてしまったから、今度こそはちゃんと素直になって、あさひの笑顔が見たい……って。

だけど。
『あのね、これヒカリちゃんが瑞季くんって……渡すように頼まれたんだ』
　放課後の人がまばらな教室であさひが差し出してきたのは、他の女子からの手紙。
　ヒカリというのは当時同じクラスだった女子で、あさひとそこそこ仲がよかった。
　だけど、俺とヒカリはほとんどなにも接点がなく。
　おそらく、俺と一番仲がいいあさひから手紙を渡せば、受け取ってもらえると思ったんだろう。
『ヒカリちゃんすっごくかわいいし、瑞季くんとお似合いだと思う』
　……もう遅かった。
　あさひはとっくに俺のことなんて見てなかった。
『あ、ヒカリちゃんと付き合っても、私とも……幼なじみとして仲よくしてね』
　そう言って無邪気に笑うキミのことを、俺はその時初めて、憎いと思った。

　……それでも、また振り向いてもらえるようにがんばろうとした。
　あさひと一緒にいた時間は誰よりも長い。
　朝は変わらず学校に一緒に行くよう誘い、なるべくふたりでいる時間を増やすようにした。
　俺がそばにいれば、他の男に目がいくこともないだろ

うって、そんな安易な考えも頭の中にあったから。
　それでも……一度傷つけてしまった過去を変えることはできない。
　いくら優しくなろうとしたって、あさひが俺を見ようとしないなら、今さらなにをしたって同じだった。

『中瀬さんて、よく見たらかわいくね？』
『あんまり目立たないけどな、なんかいいよな、わかる』
『でもあの子、矢代と付き合ってるって聞いた』
『は？　あの矢代瑞季？　やべぇな……かなうわけないわ』
『いやいや、あのふたりただの幼なじみらしーよ。矢代と小学校同じだったヤツが言ってた』
　中学にあがれば、日常的にそんな会話をよく耳にした。
　俺が聞こえていたんだから、あさひだってこの類の噂に悩まされていただろう。
　……どんな気持ちで、聞いていたんだろうか。

　あさひとの関係は幼なじみから進展しないまま、中１の冬が来た。
　初雪が降ったその日、母さんが、家を出ていった。
『あなたは、好きな女の子とは結ばれないほうがいいかもね』
　別れ際、俺だけを呼び出してそう言った母さんはさみしそうに笑ってた。
　どうして？

喉まで出かかったその言葉も、悲しい顔をした母さんを見たら、声にならなくて。
　雪の中、遠ざかる背中を黙って見送った。

『ねぇ、俺って政略結婚しなきゃいけないの？』
　母さんが出ていったあと、思い切ってそんなことを聞いてみた。
　父は首を横に振った。
『そうとは決まってない……が、一応、お前に見合う相手に目星をつけたりはしているんだ』
　母が言っていたことと関係があるのか知りたかったけど、父の前で母の言葉を口にするのはためらわれた。
　なにも言わない俺を前にして、父は少し考えたあと、別の部屋から資料のようなものをたくさん持ってきてテーブルの上に広げた。
　それは……うちの会社の、パンフレット。
　ひとつじゃない。
　たくさんあるパンフレットは、全部まったく種類の異なるもので。
『ここにあるものすべて、将来お前が背負うものだ』
　その父の言葉は、当時の俺にとっては、あまりにも重かった。

　父の仕事が楽ではないことは知っていたつもりだった。
　こうして家に帰ってくる余裕さえ、ほとんどないほどに。

矢代グループはリゾート地の経営で広く知られているけど、他にもバイクや玩具のメーカーや、雑誌・書籍の出版など、さまざまな業務を手がけている。
　大企業とはいえ、他社との競争は年々激しさを増していると聞いた。
　最近は、海外での事業にも力を入れ始めたとか……。
　分単位で動くスケジュール。
　自己管理はもちろん、組織全体を動かさなければならない責任感。
　でも『責任が大きい分、やりがいも倍になって返ってくる』というのが父の口癖だった。
　一緒に過ごす時間は少なかったけれど、ごくたまにはやく帰ってくると目の奥を輝かせて仕事の話をしてくれた父を、俺は物心がついた頃から尊敬していて。
　いつしか、父のような人間になることが、俺の目標になっていた。
『お前には企業戦略の最前線に立ってもらわないといけない。そのように育ててきたし、お前にはそれをこなすだけの器がある』
　つまり、あと俺に必要なものは"覚悟"だけ……。
『まぁ、だから。お前が心から大事にしたいと思う子と結婚するのは、お勧めはできない……とだけ言っておこうか』
　父はそう言って席を立った。
　——母さんと同じ運命をたどらせることになりかねないから、と最後に小さく付け足して。

その日から、自分の気持ちにけじめを付けようと決めた。
　父の話を聞いて、俺の中で答えはビックリするほどあっさり出た。
　あらためて現実を受け入れるのはツラいけど……あさひはもう、俺のことを男としては好きじゃない。
　中学になっても変わらず仲よくやっているけど、このまま俺が気持ちを抑えることができれば、この恋が育つことはない。
　ただの幼なじみで、終わることができる。
　ちょうどいいって思った。
　けれど、大人になるまではまだ時間がある。
　あさひを自分から引き離すと決めたけれど、距離を置くのはまだ先でいいだろう。
　将来、叶えてはいけない恋だとしても、今のうちだけは少しでも長く一緒にいたい。
　俺の中にあったそんな甘い考えが、日に日に決心を鈍らせていった。
　中２になったら。中３になったら。
　そうやってずるずると予定を引き伸ばして、自分で立てたシナリオを都合よく変更して。
『一般的な感覚を身につけておきたいから』とそれらしい理由をつけて、あさひと同じ高校を受験した。
　本当に……バカだと思う。
　結局、中学の卒業式まで俺はなにも変えられなかった。
　そして、やっとの思いでついた嘘で、またキミを傷つけ

た。
『お前のこと、ずっと前からきらいだった』
　幼なじみということを口外しない。
　学校では話しかけない。
　下の名前で呼ばない。
　3つのことを約束させて、これで本当に終わらせるはずだったのに。
『あさひ。今日、一緒に帰ろうか』
　あの日の、あの言葉。今でもずっと、後悔してる。

　――数年ぶりに来た、あさひの部屋。
　俺の目の前で、また泣いている。
『俺さ、来年結婚するんだ』
『婚約者の人とは、けっこう長く付き合っててさ』
『だから、正直に言うと、あさひがいると邪魔なんだよね』
　そんな嘘で、俺がまたキミを傷つけてしまったから。
　これで……何度目だろう。
　でも、これで本当に最後なんだ。
　最後にする。
　だから、頼むから最後まで、俺に完璧な嘘をつかせてほしい。
「高校卒業するまでは遊んでてもいいかなって思ってたけど、俺は矢代の人間だからそういうのがオモテに出たら困るし」
　あらかじめ頭の中に書いておいた言葉。ちゃんと伝えな

いと。
「だから、もう終わり」
　今までどおり、俺に二度と話しかけないで、って。
「俺は、ずっとお前のこと──」
　最後のセリフ。
　だけど、やっぱり……言えなかった。
　黙って立ちあがり、そのまま部屋を出ようとした。
　うつむいていたあさひが、顔をあげる。
「……"きらい"なんでしょ？　知ってるよ」
　──どうして、笑うんだよ。
「ごめんね。今まで、……ありが、とう」
　嗚咽をこらえて必死に言葉を紡ぐあさひに、目の奥が熱くなる。
　これ以上ここにいたら、俺は──。
　たまらなくなって飛び出した扉の向こうで、
「楽しかったよ」
　あさひの最後の声を聞いた。

　自分ではあさひを幸せにできないってわかってて、それでも他の誰かがあさひを幸せにすることなんて、始めから考えちゃいなかった。
　最後まで優しくできなくてごめん。
　俺のことは忘れて、どうか幸せに。

最終章

矛盾

【あさひ side】
　土日は、申し訳ないと思いつつも、2日連続で友香ちゃんの家に泊めてもらった。
　瑞季くんに言われたことがショックで、ひとりで受け止めきれる自信がなかった……というのはある。
　だけど『やっぱり』ってどこか納得する自分もいた。
　期待しながらも、ずっと心の片隅では『瑞季くんが私を好きなはずがない』って思っていたから。
　とっくにわかっていたこと。
　大事にされているなんて、ただの幻想。
　瑞季くんはただ、気兼ねなく遊べる都合のいい女が欲しかったんだろう。
　……わかってたんだよ。
　それなのに、瑞季くんのこと考えると涙が出ちゃうのは、まだ好きってことなのかな……？
　あれだけひどいこと言われたのに、おかしいね。
　だけど、まだ、どこか引っかかってるところがある。
　友香ちゃんは、瑞季くんの行動に理解できない部分が多すぎるって言っていた。
　きらいな女の子をいきなり帰りに誘ったり、抱きしめたり、キスしたり……。
「だからさあ、いくらなんでも好きな子にしかしなくない？

そんなの」
　納得いかないというような表情をして友香ちゃんは言った。
「あたしなら、そんなわかりにくい男はイヤだけどなぁ。でも、好きなもんはしょうがないもんね……」
　遊びだとしても、普通はそんなことするわけないって。
　私もそれはそうだと思う。
　でも、瑞季くんは優しいから、幼なじみの私が瑞季くんのことを好きだと知って、最後に少しだけ甘えさせてくれようとしたんじゃないかって思う。
　ただ……引っかかるっていうのはそんなことじゃなくて。
　もっとなにか大事なことを、私は見落としている気がするんだ。

　見落としていることがなんなのかわからないまま、週明けの月曜日を迎えた。
　今日は２学期の終業式。
　体育館に続く廊下には長蛇の列ができていて、みんなが寒そうに白い息を吐いていた。
　ななめ前に、瑞季くんの背中を見つけた。
　となりには山崎くんがいて、そのまわりにも数人の男子が輪になって話している。
　瑞季くんがなにかをつぶやいて、それを聞いたみんなが笑い声をあげていた。

イヤな笑い方じゃない。
　瑞季くんは、人をバカにしたりするようなことは絶対言わない。
　さりげない言葉でみんなを笑わせるのが得意な人だ。
　こうして見ると、あらためて自分とはほど遠いところにいる人だって実感した。
　瑞季くんの笑顔を見ているとやっぱり切なくなってきて、そっと視線をそらす。
　考えちゃいけない。
『もう、終わり』
　瑞季くんが言っていた言葉。
　きっと、本当に本当の、最後なんだろうなって、ぼんやり思った。

　それから全校生徒が体育館に集まって、終業式が始まる。
　校長先生の話から各種表彰式(ひょうしょうしき)へ滞りなく進んで、あとは委員会からの連絡を残すのみとなった、その時。
　しんとした体育館の中で、急にどよめきが起こった。
　体育館の、うしろのほう。
　私のクラスの列だ。
　最初に目に入ったのは、床に広がった赤い色。
　──血。
　ドクリと、心臓がイヤな音を立てた。
　すぐに人だかりができて、前のほうにいた私は視界がさえぎられて見えなくなる。

見えないけど、イヤな予感がして。
　その予感は、外れてくれなかった……。
「先生！　矢代が……っ」
　ざわめきが大きくなる中、たしかに聞こえたその名前。
　一瞬で目の前が真っ暗になった。

「あさひ、大丈夫……？」
　ふらつきながらもなんとか自分の教室に戻ってきた私を、友香ちゃんが心配そうに気遣ってくれた。
「私は大丈夫、だけど……」
「矢代くん、どうしたんだろうね」
　あのあと、すぐ先生たちが駆け寄ってきて瑞季くんを介抱（かい ほう）していた。
　その数分後に救急車のサイレンが聞こえてきて……。
　最後まで、瑞季くんの姿を見ることはできなかった。
　終業式は中断され、私たち生徒は強制的に教室に戻らされて、そのままクラスごとにホームルームをして解散……ということになっていたけれど。
　瑞季くんに付き添ったのか、担任の先生がいない私のクラスはホームルームさえ始めることができず、みんなとまどった表情を浮かべている。
　瑞季くん、きっと大丈夫だよね……？
　さっきからふるえが止まらない。
　気を抜くと涙がこぼれそう。
　ふと、山崎くんの姿が目に入った。

真剣な顔をして、誰かと電話していた。
誰にかけているんだろう。
おそらく、瑞季くんの関係者……。
依吹くんはこのこと、もう知っているのかな？
瑞季くんのお父さんはめったに家にいないって聞いたし、だとしたら生駒さんが……。
次々にいろんなことが頭に浮かんでくる。
全部、瑞季くんのこと。
どんなに突き放されたって、やっぱり私は瑞季くんのことが世界で一番大切なんだと思う——。

祈るような気持ちでしばらく待機していると、数分後、副担任の先生がたくさんプリントを抱えて入ってきた。
教室中が一瞬静まりかえる。
その直後「矢代くんは!?」と、みんながまわりを取り囲んだ。
まずは席に戻るように指示をして、副担の先生は静かにこう言った。
「先ほど入った連絡によれば、命に別状はないそうなので、まずは安心してください」
その言葉を聞いてひとまずはホッとするものの、緊張感は抜けなかった。
「ただそれ以外のことは口止めされているので、みなさんも無闇に口外しないこと」
それだけ言うと、先生は冬休みに向けたプリントを配り

始め、全員に行き届いたことを確認したところで、私たちのホームルームは終了となった。

　だからと言って、すぐに帰ろうという気分にはなれない。

　そんな時、私のスマホに1通のメッセージが届いた。

　開いてみると、それは葛西くんからで。

　内容を見て、思わず「えっ」と声をあげてしまった。

　友香ちゃんが、どうしたの？と画面をのぞき込んでくる。

【今から化学室に集合】

　こんな時にどうして？

　また化学係の仕事……？

　するとすぐにもうひとつ、メッセージが送られてきた。

【白井せんせーが特別に、矢代のいる病院に連れてってくれるって。これ、みんなには内緒でよろしく】

　白井先生が？

　どうして……。

　そんな考えが頭をよぎるけど、それ以前に、

「私、行けないよ……」

　だって、もう終わっちゃったんだもん。

　心配で心配で仕方ないけど、瑞季くんはきっと私と顔を合わせたくない。

　今度こそはっきり邪魔だって言われたんだから。

　そうだよ……瑞季くんには婚約者がいる。

　私はもう、そばにいたらだめなんだ。

「あさひ……」

　友香ちゃんは私の気持ちを理解してくれているから、な

にも言わずに背中をさすってくれる。
【ごめんなさい。私は行けない】
　そう返事を打って送信しようとした、その時。
「中瀬さん、はやく……！」
「きゃっ！」
　すごい勢いで誰かが私の腕をひっぱった。
　あまりにも強い力だったせいで思わず声をあげてしまう。
　見あげると、そこに立っていたのは、山崎くん。
「山崎くん？　行くって……」
「葛西から連絡来ただろ」
「えっ？」
「俺が頼んだんだ。だからほら、はやく」
「……っ」
　山崎くんは私の腕をひっぱりながらどんどん歩いていってしまう。
　呼び止めて『私は行かない』って言うつもりが、山崎くんの必死な表情を見たらなにも言えなくなってしまった。
　大事な人を心配する気持ち、痛いほどよくわかるから。

　結局、腕を振り払うこともできずに化学室まで来てしまった。
「やっと来たか。おっせーよお前ら」
　その言葉は以前にも聞き覚えがあって。
　でも、中にいたのは車のキーを人さし指でくるくると回

す葛西くんだった。
「先に車乗っとけってさ」
　どうして白井先生のカギを葛西くんが……。
　疑問に思った私の頭の中を見透かしたように、
「白井せんせー、俺のいとこなんだよね」
　そう言って、ニヤリと笑った。
　そして、座っていた教卓の上から「よっ」と飛び降りる。
「中央病院の303号室。病状としては……えっと、キュウセイ……イネ、ンマク、ビョウヘン？らしい」
　白井先生からもらったというメモを読みあげる葛西くんの口から出てきた言葉に、不安が一気に膨れあがる。
「それって大丈夫なの!?」
「ひと言で言えば、胃潰瘍ってやつかな？　人によって症状は異なるらしいけど、矢代の場合はひどい痛みと、潰瘍が血管に及んで引き起こす出血による吐血……」
「どうしてそんなことに……。治るよね？」
　私の言葉に、葛西くんは安心して、というように優しい笑みを浮かべた。
「薬物治療で症状はすぐに引くらしいよ」
　ほっとしたのもつかの間。
「だけど、その原因を取り除かないと本当に治ったとは言えない」
　山崎くんの暗く沈んだ声が響いた。
「原因……？」
　そうだ。

病気になるってことは、その原因となるなにかがある。
「瑞季は自分の家があんなんだから、生活にはずっと負担を強いられてきた。家では俺には理解もできないような経済の勉強とか、そんなことばっかりやってるらしいんだ」
　山崎くんの声を聞きながら、葛西くんは表情を曇らせる。
「矢代は、俺なんかよりずっと苦しんでるよ。表には出さないけど、大企業のトップに、いずれ立たないといけないんだから……あんな重たいもの、俺にはとても背負えない」
「葛西くんの家も、たしか芸能事務所なんだよね」
「うん。だけど俺は次男だから……ある程度世間にさらされることはあるかもしれないけど、次男がトップに立つなんてことは絶対ない。まったく、ちがうんだ」
　……ああ、やっぱり別世界だ。
　瑞季くんは御曹司。
　私は、企業だとかトップだとか、そんな将来的なこと、考えたこともなかった。
　なんにもわかってない一般人の私が瑞季くんにとって邪魔な存在だということ。
　そんなの最初から、当たり前だった。
「……だけど瑞季は今さら、そんな圧力に負けてへたるようなやつじゃない。精神的な脆さなんてとっくに克服してるはずだよ」
「……どういうこと？」
　山崎くんは、言葉にするのをためらっているみたいだった。

私の目をじっと見つめて、それから目をそらす。
「矢代の弱みは、あさひちゃん。そういうことじゃねーの？」
　山崎くんの代わりに、葛西くんがそう言った。
　意味がいまいち飲み込めなくて、ふたりを見つめ返す。
「あさひちゃんのせいとか言ってるわけじゃないよ。本当に、全然ちがうから」
「……」
「矢代は、自分で自分の首を締めてるんじゃないかな」
　ますます意味がわからず、困惑してしまう。
　葛西くんがうつむいた。
　それから、小さい声でつぶやく。
「ごめんね。俺は最初から、全部知ってたんだ」
　さっきまでの笑みはもう消えていた。
　申し訳なそうに項垂れる。
「矢代の婚約者っていうのは、俺の、双子(ふたご)の妹なんだ」

　白井先生の車で走ること約15分。
　その間、葛西くんは知っているだけのことを話してくれた。
　葛西くんの双子の妹・葛西音加(おとか)ちゃんは、県内の有名私立校に通っているらしい。
　婚約が仮決定するまでは瑞季くんとの面識はなくて、正式に婚約するまで、お付き合いとか、そういうことはいっさいなかったって。
「生まれた時から決められた婚約者なんて、いくら大企業

でもそんなところ最近はほとんどないんだよ」
　つまりそれは、瑞季くんは最終的に自分の意志で音加ちゃんとの婚約を決めたってこと。
　だけど、瑞季くんも音加ちゃんも、おたがいに恋愛感情なんかはいっさいないって……葛西くんは言った。
　あくまで政略結婚。
　矢代リゾートが葛西家の芸能事務所とつながりをもてば、広告で人気芸能人を使えるように根回しがしやすくなったり、有利になることが多くあるみたいで。
　そして葛西家にとっては、矢代リゾートという大企業との取引を増やすことができて、おたがいの利益につながるから……みたいな理由だと話してくれた。
　音加ちゃんはもともとすっごくドライな性格で、相手が御曹司なら誰でもいい、という感覚の持ち主なので、その政略結婚をすんなり受け入れたそう。
「矢代と俺が学校を休んだ日は、ちょうど、見合いの日だったんだ」
　葛西くんが話している間、白井先生はなにも言わなかった。
　病院に着いてからも私たちの話題にはいっさい触れず「さ、行っといで」と背中を押してくれる。
　いつものテキトーさからは想像できない優しい態度に驚きつつも、なんだかんだ生徒が困っていたら助けてくれる先生には感謝しかない。
　私たちはお礼を言って車から降りた。

病室の前に行くまで、3人ともなにも話さなかった。
　扉の前に立って、ようやく顔を見合わせた。
「入ろうか」
　葛西くんが手を伸ばす。
　私は1歩、うしろに退いた。
「私はここで待ってるね。瑞季くんの無事が確認できれば、それでいいから」
「でも……」
「お願い。瑞季くんに、もうかかわるなって言われてるんだ。私がいたら、空気悪くさせちゃう……」
　瑞季くんに言われたことを思い出すと、また胸がちくりと痛む。
　語尾はだんだん弱くなって、思わずうつむいてしまった。
「……」
　ふたりは納得がいかないという様子だったけれど、それでも私がもう一度「お願い」と言うと、仕方なくうなずいてくれた。
　その時、扉が静かに開いて、中から人が出てくるのがわかった。
　あわててもう1歩、うしろにさがる。
　その人と目が合って、声をあげそうになった。
「あさひ様、来ておられたのですね。瑞季様は中で休んでおられますよ。心配なさらずとも、1週間もすれば退院できるそうです」
　生駒さんの表情は相変わらず優しかった。

「葛西様も山崎様も、ありがとうございます。瑞季様もきっと喜ばれますよ」

そして、私たちの背中を軽くたたき、そっと中へ促してくれる生駒さん。

私はあわてて首を振った。

生駒さんは少しさみしそうに笑って、それから葛西くんと山崎くんをひとまず先に病室へと促す。

扉が閉まってふたりが完全に見えなくなると、生駒さんは私に目線を合わせて、小さくささやいた。

「どうしても……中に入っていただけないでしょうか」

「私が行っても、瑞季くんにイヤな思いをさせるだけだから……」

生駒さんは口をつぐむ。

そして少し考えるような仕草をした。

「瑞季様がこんなことになってしまったのは、私のせいです。無理なさっていたことに、気づけなかった」

「……」

「そしてこれは、私などが口を出すことではないと、十分、承知しております……」

なにか、大事なことを言われようとしていることがわかった。

こんなに真剣な顔をした生駒さんを、私は今まで見たことがなかったから。

「瑞季様には、あさひ様が必要だと……私はそう思っております」

静かな声だった。
　でも、なにか確信しているようなその言葉に、心が大きく揺さぶられた。
「瑞季様が決められたことに口を出す権利はありません。ですが私は、あの方が小さい頃からずっとそばで見て参りました」
　胸の奥で、ドクドクと激しい音が鳴っている。
「あさひ様が今傷ついていらっしゃることもわかっています。会ってしまえば、またあの方はきっと、あなたを傷つけてしまう」
　それでも、と生駒さんは言った。
「どうかもう一度だけ、瑞季様と会っていただけませんか」
　深く頭をさげて。
　瑞季くんにとって、私は邪魔者なはずなのに……。
　こんな必死な生駒さんを見たら、首を横に振ることなんてできない。
　だけど、うなずく覚悟もなくて、私はただ足もとを見つめるばかり。
「勝手なことを言って、申し訳ありませんでした。依吹様をお迎えに行って参ります」
　ようやく頭をあげた生駒さんは、廊下に置いていた荷物を持った。
　そして、再び深く頭をさげたあと、静かに去っていく。
　残された私はどうすることもできず、その場に立ち尽くしていた――。

瑞季side

　病室にうるさいのが来た。
　冬課題のプリントを渡されたあと、遼平も、葛西も、好き放題に騒いでいて。
「お前らさ、労るって言葉知らないの？」
　ふざけてそう問いかければ、
「心配してなかったら、こんなとこ来ねぇよ」
　と、わりとマジメな顔で返された。
　少し静かになって、急に真剣な顔つきに変わったふたり。
　そんなふたりの口からあさひの名前が出たこと。
　予想外だったけれど、驚きはしなかった。
　熱のせいなのか、薬のせいなのか。
　頭がぼうっとしていて。
　たぶん、自分で思っているより相当弱っていたんだと思う。
　気づけば過去のことを全部、べらべらと話していた。
　自分の気持ちも、なにもかも隠さずに。
　思い出したくないとあれほど思っていたことなのに、いざ話してみると驚くほど鮮明に覚えていて、笑えた。

「バカじゃねーの」
　俺の話を聞いている間、ずっと無言だった遼平と葛西。
　先に口を開いたのは葛西だった。

それに続くように、遼平も、
「バカだな」
ってつぶやいた。
　笑うでもなく、マジメな顔でそんなことを言われるものだから、少し苦しい。
「わかってるよ。すげーダサいもん、俺」
　笑ったつもりなのに、笑えなかった。
「そうじゃなくて」
　前かがみに腕を組んでいた遼平が、背中を椅子の背もたれに戻した。
「俺は会社とかのことなにもわかんねぇけど、中瀬さんのことが好きだったら、お前が幸せにすればいいだろ、普通に」
　あっけらかんとそんなことを言われて、固まってしまう。
「……人の話聞いてた？」
「聞いてたよ。お前が矢代のトップになった時、お前の父さんと同じように忙しくなって、家にも帰れなくて、中瀬さんにさみしい思いをさせざるを得ない。そしてお前の母さんみたいに、出ていってしまう」
「……べつにそこまでは言ってない」
「でも、結局はそういうことだろ」
　いつもはあまり俺のことに口を出さない遼平が、めずらしく厳しい口調で詰め寄ってくる。
「瑞季が怖いのは、中瀬さんを傷つけてしまうことじゃない。結婚したあとに、お前のことをきらいになって、離れ

ていってしまうことだ」
　ぐさりと胸をナイフで刺されたような感覚がした。
　そんな俺に向かって、次は葛西が口を開く。
「大事なものを手に入れたあとに、それを失ってしまうことが、お前はなにより怖いんだな……」
　目眩(めまい)がする。
　頼むから、もうなにも言わないでほしい。
　せっかくあさひに嘘をついて、自分の気持ちもごまかして終わらせたのに。
「自分が傷つくことを、始めから避けようとしてんだよな。つまり、逃げてる」
　——頼むから、俺を暴(あば)かないで。
「自分勝手だな。あさひちゃんあれだけ傷つけといて」
「……」
　本当だよな。
　手に入れたくて仕方ないのに、手に入れたあとで失ってしまうことが怖い。
　傷つけたくないなんて言葉はしょせん、建前にすぎなかったんだ。
　俺が大人になってあの会社を継いでも、あさひが俺を好きでいてくれる自信がなかっただけ。
　だけどそんな自分に気づいたところで、なにも変えられない。
　もう終わったこと。
　窓の外を見たら、雪がちらついていた。

「ははっ」
　と、突然笑い声をあげたのは葛西だった。
「考えれば考えるほど、本当に自分勝手なやつ」
「……勘弁して」
「矢代はさ、あさひちゃんの気持ちを完璧に無視してるよね」
「……は？」
　ニヤリと口角をあげる葛西。
「お前のお父さんがそうだったから、お前は自分もそういうふうになるって決めつけてる」
「……」
「だったら、矢代がお父さんを超えればいーんじゃね？」
　……なにを言ってるんだ、コイツ。
　父さんを超える？
　超えるって、なに。
　おかしいだろ。
「お父さんより勉強して、努力して、仕事も余裕ができるくらい器用にこなして、そしてなにより、あさひちゃんを一番に愛せば……俺はそれで、いいと思うけどなぁ」
　また、心を揺さぶられた。
　のんびりとした口調でそんなことを言う葛西。
　具体的でもなければ、実現性も低い言葉。
　それなのに。
「今ならまだ間にあうよー？　俺の妹のこと嫁に欲しがってるやつらなんか山のようにいるんだから」

葛西に続いて、
「理屈なんか抜きにして。好き同士だったら、大丈夫じゃない？」
　遼平までそんな言葉を吐く。
　そんなに単純な話じゃない。
　簡単でもない。
　だけどそれは、きっとふたりともわかっている。
　わかったうえで、わざとこんな言葉をくれるんだ。
「だけど本当は、あさひは俺に恋愛感情なんて――」
　もっていない。
　そう言葉にしようとした時。
　なにかが頭をよぎった。

『大人になったら、みずきくんのおよめさんになりたいです』
『あのね、これヒカリちゃんが瑞季くんにって……渡すように頼まれたんだ』

　記憶が断片的にフラッシュバックする。
　あの時覚えた違和感。
　やっぱり俺は、なにかを見落としている気がする。
　……なんなんだ？
　わからない。
　わからないけれど、あさひと俺の間でいきちがっているなにかがあるような気がした。

17年間一緒にいた中で、きっとどこかに矛盾が――。

　その時、病室のドアが静かに開いた。
　俺は目を見開く。
　あさひが、入ってきたから。
　――どうして。
　言葉が出てこない。
　あさひに気づいたふたりは、顔を見合わせて病室を出ていき、俺とあさひだけが残された。

あさひside

　山崎くんと葛西くんが出ていくと、瑞季くんの目つきが明らかに変わった。
「なんで来たんだよ」
　ナイフのように鋭い目で、私をにらむ。
　……瑞季くんのことが心配で。
　事前に用意してきた言葉さえ、口にすることができなかった。
　やっぱり無理だ。
　こんなことして、私はまた瑞季くんを怒らせる。
　生駒さんは、どうして私にあんなこと言ったの……？
　なにも言えない。
　これ以上私とかかわること、瑞季くんは望んでいない。
　生駒さん、ごめんなさい。
　私にはやっぱり、なにもできないよ……。
「ごめんね、いきなり来て」
　笑顔が不自然にならないように、手をきつく握る。
「瑞季くんが無事でよかった」
　そう言って背を向ける。
　瑞季くんの表情は見えない。
　扉に手をかけた。
　出ていこうとした、のに。
「……ねぇ、あさひ」

どうしてそんなに優しく、名前を呼ぶの……？
「俺が手紙を捨てたことなんて、本当は一度だってなかったんだよ」
　——ごめんね。
　瑞季くんはたぶん、そう言った。
　病室を出て扉を閉めたら、一気に力が抜けた。
　頭が痛い……。
　手紙。
　瑞季くんの言葉が頭の中をかけめぐる。
　ドクドクと心臓が激しく脈を打つ。
　気づけば走りだしていた。
　頭の中がいっぱいで混乱していた。
　病室のすぐそばの階段を駆けおりる。
　あと数段で１階だというところで、下からあがってきていた誰かとぶつかって足を踏みはずし、階段の一番下まで滑り落ちてしまった。
「痛っ……」
　倒れ込んだはずみで、床にぶつけた頭がズキンと痛む。
「だ、大丈夫!?　……あさちゃん……っ」
　聞き覚えのある声が上のほうから聞こえた。
　声の主が、階段を急いで駆けおりてくるのがわかる。
　なんとか起きあがろうとするものの、あまりの痛みに視界がぐらりと揺れて、気づけば意識を手放していた——。

　ぐるぐると、なにか残像のようなものが頭の中を回って

いた。
　ぼんやりと見えていたものがだんだん鮮明になって、景色も見えてくる。
　雑音みたいだった周りの音も、はっきりと聞き取れるようになった。
　目の前にいるのは、幼い頃の瑞季くん……？
『――いらない』
　また、あの言葉がフラッシュバックした。
　胸が張り裂けそうに痛い。
　苦しくて、叫びたいのに声が出てこない。
　これは、夢……？
　――ううん、違う。
　私は、この続きを知っている――。

「……あさちゃん……あさちゃん！」
　その声に吸い込まれるようにして、目が覚めた。
「あさちゃん！　気がついた!?」
　はっとして見あげれば、目の前には今にも泣き出しそうな依吹くんの顔があった。
「大丈夫？　頭、まだ痛い？　俺のことわかる……？」
　不安そうにふるえた声を聞いて、少しずつさっきの出来事を思い出す。
　私が寝ていたのは病院のベッドの上。
　階段から足を踏みはずして……どうやら、そのまま気絶してしまったみたい。

「ごめんね、俺、急いでて前見てなくて……。あさちゃんがおりてくるのに気づけなかったから……」

　私がぶつかってしまった相手は依吹くんだったらしい。

　申し訳なさそうな表情を見て、慌てて首を横に振る。

「ううん、私のほうが周り見えてなくて……」

　……そう。あの時、瑞季くんのことで頭がいっぱいだったから。

「看護師さん、今はちょっと出ていっちゃってるけど、軽い脳震盪だって言ってた。『頭にケガはなくてよかった』って……」

「そうなんだ……。依吹くん、付き添ってくれてたんだよね、ありがとう」

　笑ってお礼を言ったけれど、依吹くんは不安そうな表情をしたまま、なにか言いたそうに見つめてくる。

「あさちゃん……顔色悪い。やっぱり頭痛いの？」

「え？　ううん、もう大丈夫だよ」

「……だったら、また兄ちゃんにひどいこと言われたりしたの……？」

　ドキリとした。

「……ううん」

　たしかに、瑞季くんの言葉には今までたくさん傷ついてきたけど、今考えているのは少し別のこと。

　頭の中は冷静なつもりだけど、心臓の音は激しく鳴っている。

　……動揺してる。

「あのね、私、思い出したんだ……」
　静かに口にしてみる。
「思い出した……って?」
　深く息を吐いて、呼吸を整える。
「……ずっと忘れてたことを、思い出したの」
　小5の時、さっきと同じように階段で足を滑らせて転んだ、あの日の出来事――。
　ごちゃごちゃしていた頭の中を、ゆっくりと整理しながら、私はやっと思い出すことができた過去を依吹くんに話そうとした。
「思い出したところで、なにも、変わらないんだけど……」
　そうこぼした私に、依吹くんは首を傾げる。
「どういうこと?」
「だって瑞季くんは私のこと、きらいだから……」
　そこまで言いかけて、さっきの瑞季くんの言葉をハッと思い出した。
　――『俺が手紙を捨てたことなんて、本当は一度もなかったんだよ』
　……どうして?
　私のことがきらいなら、どうして手紙を取っておいてくれてたの……?
「まだ本気でそんなこと言ってんの?」
　ぐるぐると考えていたら、依吹くんにあきれた顔でそう言われた。
「好きじゃなかったら、こんなとこまで追っかけてこない

と思うけど?」
「えっ?」
「続きは、そこに隠れてる人に聞いてみれば?」
　依吹くんの口角がニヤリとあがる。
　意味がわからず、視線をたどった先。
　いつの間にか、病室の扉のところに立っていた瑞季くんと、視線がぶつかった。

お前がいないと無理

『ちゃんとふたりで話しなよ』と言って、病室から出ていってしまった依吹くん。

他には誰もいなくなった病室で、ベッドの上に瑞季くんとふたり、並んで座る。

ふたりの間には人ひとり分くらいの隙間があって、なんだかとても、ぎこちない。

私は静かに口を開く。

そして、さっき思い出したばかりの記憶を、ゆっくりと話し始めた。

——小学4年生をすぎた頃から、私は瑞季くんに手紙を書いて渡していた。

——だけど。

瑞季くんに『いらない』『お前の手紙なんか、全部捨てる』と言われたあの日、私はショックでその場から逃げてしまったんだった。

苦しくて、悲しくて、心が壊れてしまいそうで。

瑞季くんといた教室からできるだけ離れようと、走って走って。

階段を駆けおりていたその時。

足がもつれて、階段から滑り落ちてしまった——。

幸い、命に別状はなかったけれど、私は転ぶ直前の出来事と、その出来事に結びついている記憶を失っていた。
　ずっと胸に抱いていた、違和感の正体。
　私は、手紙のこと、それから——瑞季くんへの恋心さえも忘れてしまっていたんだ。

「俺への気持ちを忘れてた……？」
「小4の頃、私は瑞季くんへの気持ちが恋だって気づいてた。気持ちを忘れてたっていうのは、好きじゃなくなったわけじゃなくて、瑞季くんへの気持ちが恋だって自覚する前に戻った感じかな」
　瑞季くんは、心底驚いた顔で私のことを見つめている。
「それってさ……。俺のことを、恋愛として好きだってわからずに過ごしてきた……ってことで合ってる？」
「うん……そんな感じだと思う」
　高校2年生になって、友香ちゃんに言われて、初めて自分の気持ちが恋なんだって気づいたと……そう思っていた。
　でも、それは初めてなんかじゃなかった。
　ずっと前、私は瑞季くんに恋をしている自覚があった。
　小6の頃にヒカリちゃんと瑞季くんの恋を応援していた時も、中学生になって当たり前に一緒にいる時も。
　変わらず"好き"だったけれど、それが"恋"だとは思いもしないまま……。
　私の話を聞き終えると、瑞季くんは一度大きな溜め息を

ついた。
「マジかよ……」
　予想以上に、目を大きく見開いて驚いた様子の瑞季くん。
「びっくりだよね。あの日の些細(さい)な出来事のせいで、こんなに長い間すれ違っちゃうなんてさ」
「本当だな。階段で転んで脳震盪なんて、そそっかしいあさひらしいけど」
「ちょっと、ひどい!」
「ははっ。でも、無事でよかったよ」
　瑞季くんはそう言って笑うと、ふっとマジメな顔に戻った。
　それから、今度は自分の話をしてくれた。
　お母さんのこと。
　自分が継ぐ会社のこと。
　婚約者のことも、全部。
　窓の外の雪を眺めながら、ときどき、私の目を見つめて。
「手紙をいらないって言ったのは、ただの嫉妬。他のヤツに渡すのが許せないくらい……本当はずっと、あさひのことを想ってた」
　真剣な顔でささやかれた言葉にドキンと心臓が跳ねる。
「帰りにあさひを誘った日だって、本当はあんなことするつもりなかったんだ」
　瑞季くんの話す声は優しくて、とても安心した。
　まるで、昔みたい。
「だけど、次の日がお見合いってとこまできた時、自分が

決めたことなのに落ち着かなくなって」
　冷たい瑞季くんでも王子様キャラの瑞季くんでもない、きっと、本当の瑞季くん。
「最後に1回だけ、あさひと一緒にいたいって思った」
　胸の奥がきゅっとせまくなる。
　初めて瑞季くんの心に触れられた気がした。
「……私も。記憶をなくしてたけど、瑞季くんに抱いてた気持ちは、恋心だったんだよ。初めて手紙を渡したあの時から、ずっと」
　私の言葉に、瑞季くんはちょっと微笑んでうなずく。
「あさひがそばにいると、振り回されて、なにもかも思うようにいかなくて。たぶん、俺はあさひのことが世界で一番憎いんだよ」
「……」
「でも、それ以上に……愛してる」
　となりに伸ばした手のひら。瑞季くんの指が重なった。
　触れた瞬間、確かめるように強く絡まって、おたがいに離さなかった。
　太ももの上に、ぽとりとしずくが落ちる。
　『愛してる』なんて、今までの冷たい瑞季くんなら絶対に私に言わない言葉。
　だけど、私を見つめる瑞季くんの瞳が優しくて。
　これが今まで見せてくれなかった瑞季くんの本心なんだって、信じさせてくれた。
　嬉しくて、このまま時間が止まればいいとさえ思う。

好きな人と同じ気持ちでいられることが、こんなに幸せだって知らなかった。
「なぁ」
「うん」
「俺、今めちゃくちゃ恥ずかしいこと言った」
「……うん」
「忘れてよ、前みたいに」
「いやだよ」
「うん」
「……」
　ちょっと強気に言い返してみたけど、瑞季くんは小さく笑って私のほうに向き直った。
「忘れないでね、俺のこと」
　手をつないでるほうとは反対の手の指先で、瑞季くんが私の涙をそっとぬぐった。
「ずっとそばにいさせてくれるんじゃないの？」
「……」
「そばにいられるんだったら、忘れない」
　私がそう言うと「ずるい」と言って瑞季くんは深い溜め息を落とす。
「最初に俺に渡してくれた手紙、なんて書いたか覚えてる？」
「……覚えてるよ」
「あの時の気持ち、今でも変わってない？」
「変わってるわけないじゃん」

「……そっか」
　ふたたび、溜め息。
　溜め息というより、深呼吸。
　つながれた手の感触を確かめるように、ぎゅっと力がこめられた。
「俺、本当はあれに、返事を書いてたんだ。結局渡せなかったけど、何回も見直したから文面全部、覚えてる」
　瑞季くんの瞳が揺れる。
「その返事と今の気持ち、俺も変わってないから聞いてくれる？」
　瑞季くんの真剣な眼差しにドキドキしながら、黙ってうなずく。
　そして、手を強く握り返した。
「いつか立派な大人になって、必ずキミを幸せにします。だから、ぼくのお嫁さんになってください」
　まっすぐに私を見つめていた瞳がわずかに揺れ。
「……はい」
　私が返事をしたその直後、一筋の涙が瑞季くんの頬を伝った。
　はっとした顔をして、目をそらしながら。
「見るなよ」
　照れくさそうにそう言って私を引き寄せ、抱きしめた。
　瑞季くんの体温と鼓動を感じながら、そっと目を閉じる。

　やっと、本当の心に触れさせてくれた瑞季くん。

すれちがって、一度は離れてしまったけれど、私の中に変わらずあり続けた想いがあふれだす。

　ずっと前から、世界で一番、大好きな人。

                              End

書籍限定番外編1
ある夜のお話

【あさひside】
「今日うちに泊まる？」
　なんの前触れもなく。
　突然電話を掛けてきた瑞季くんがそんなことを言った。
　学校は冬休みに入り、家は近いものの、なかなか会いたいとは言い出せずにひとりさみしさを感じていたところに、こんなセリフ。
「え……今なんて」
「だから、今日うち来いよって」
「っ、」
　そんな、いきなり……！
「なに、いやなの」
「い、いやじゃない！　行きたい……です」
「うん。じゃあ６時ね」
　そう言って切ってしまう瑞季くん。
　６時って……。
　時計を見てみれば、もう夕方の４時を回っていて。
　お泊まり……お泊まりって……！
　電話を終えたあとで次第に焦り始める。
　まず、準備しなきゃいけない。
　着替えとか、パジャマとか、えっと……。
　今の部屋着のまま行くわけにはいかないから、とりあえずクローゼットをバンッと開けて、かわいい感じの服を探し出す。
　一番のお気に入りは、薄い水色のニットワンピだけど、

外でデートするわけでもないんだし、こんなに気合入れるのは変かな……？

でも、せっかく久しぶりに会えるんだから、かわいいって思われたいよ……。

冬休みに入ってから一度も会ってない瑞季くんの顔を思い出すと、胸の奥がきゅっとせまくなった。

付き合っててもなかなか会いたいと言い出せなかったのは、瑞季くんは学校の課題とか以外にもやることがたくさんあると思ったから。

もう来年は18歳になる年。

高校も卒業してしまうし、18歳って急に大人の階段をのぼるイメージがある。

瑞季くんは大学へ行きながらお父さんの会社を継ぐ準備を本格的に始めることになるだろうし、きっとすごく忙しいと思って、遠慮してしまって。

だから、あっちから連絡をくれたことが本当に嬉しかった。

でも、お泊まり……。

付き合う前、瑞季くんの部屋での出来事を思い出すと、自然と体が火照ってくる。

ベッドに押し倒された状態で、あんな至近距離。

唇をふさがれた時は、本当に息が止まった気がした。

泊まるってことは、一晩一緒に過ごすってこと……。

同じ部屋で？

同じ……ベッドで？　……いや、それはない、よね。

いろいろ考えだすと、止まらず。
　不意打ちのこんなお誘いは心臓に悪い。
　デートらしいデートもしたことがないし、瑞季くんの"彼女"としてふたりきりで会うのは、病院に行った日以来で。
　どんなふうに接したらいいの……？
　緊張と少しの不安を抱えながらも、やっぱり会えるっていう喜びのほうが大きくて、胸が躍った。

　瑞季くんちの、大きい大きい玄関の前。
　インターホンに手を伸ばそうとしたら、私がボタンを押す前に扉が開いた。
　てっきり生駒さんかヘルパーさんだと思って思わず姿勢を正すと、
「いらっしゃい」
　と大好きな人が迎えてくれたから、ドキンと心臓が跳ねる。
「なんでわかったの？　まだインターホン押してないのに」
「うちのセキュリティ、家族以外の人間が敷地内に来たらアラーム鳴るし映像も映るんだよ」
「ええっ、なにそれ……」
「いや、ていうか俺ずっとここで待ってたし。……だいたいお前遅いんだよ、６時って言ったろ」
「う……ごめんなさい」
　久しぶりに見る瑞季くんの顔。
　私を見る目が優しくて、なんだか落ち着かない。

それに、ずっと待ってたなんて、私と会うの楽しみにしてくれてたんだ……。
　同じ気持ちだったことが嬉しくて、顔がゆるんでしまう。
「ていうかお前、その恰好……」
「え？」
「……いや、やっぱいい。寒いだろ、中入れば」
「う、うん」
　恰好って……やっぱり気合入れすぎたかな？　って不安になる。
　部屋でゆったりするだけだから、もっとラフな格好のほうがよかったかもしれない。
「おじゃまします」
「べつに、今日誰もいないから」
「えっ？」
「あさひが来るからって、生駒さんには帰ってもらったし」
「そうなんだ……。依吹くんは？」
「昨日から友達の家に泊まってる。だから、お前呼んだんだよ」
　……ということは、初めからふたりきりになるつもりで？
「……それにしてはあまりにも急じゃない？　だって、瑞季くんが電話かけてきたの、たった２時間くらい前だよ」
「あー、それはごめん。寝てた」
「え、昼寝してたの？」
「昨日、ていうか今日、寝たのが朝方で」

「そうなんだ……」
　やっぱりいろいろ、大変なんだろうな。
「えっと、大丈夫？」
「なにが」
「疲れてない……？」
　もしかしたら無理して私との時間を作ろうとしてくれているんじゃないかと思って聞いてみる。
　すると瑞季くんは大きく溜め息をついた。
「疲れてる」
「えっ」
「もう本当、死にそうで」
「だ、だったら私と会ったりしてないで、しっかり休まないと……！」
　瑞季くんの手をつかみ、そう必死に訴えると。
　彼はもう一度、溜め息をついた。
「お前なんにもわかってないな、本当」
　あきれた顔で頭をポンポンとしてくる。
「疲れてるから会いたかった」
「へ？」
　そして、瑞季くんは艶っぽい笑みを浮かべた。
「こっちはずっとお前のこと考えてたし」
　手を握り返されて、至近距離で視線がぶつかる。
「……俺の部屋行こ」
　自然な流れでそのまま手を引かれ、瑞季くんの部屋に続く階段をあがる。

こんな広い家の中に、私たちふたりしかいないなんて。
　なんか不思議な感覚だ。
　外を歩いてきて冷え切っていたはずの手のひらは、触れた部分からじんわりとあったかくなっていく。
　部屋の前まで来ると、手が離された。
「どーぞ」
　ドアを開けた瑞季くんが私を先に中へと促す。
　私の部屋の何倍あるんだろうってくらい広い室内には、いかにも高級そうな家具が品よく配置されている。
「そこのソファ座っといて。飲みもん取ってくるから」
「ありがとう」
「ココアとコーヒーどっちがいい？」
「えっと、ココア……」
　答えると、ふっと笑われた。
「だよな」
　私が甘党なことを知ってる瑞季くん。
「コーヒー飲めないわけじゃないからね？　苦いのだってちゃんと飲めるから」
「へー、じゃあコーヒーにするか？　俺ブラック派だから同じのでいい？」
「う……ん。い、いいよ」
　と、内心『しまった』と思いながらうなずくと。
「いや冗談だし。好きなの飲めばいいだろ。べつにお前のこと子ども扱いとかしてないから」
　どうやら心の中を見透かされていたらしい。

「だって、瑞季くんどこまでも大人っぽいから……っ、釣り合うような彼女にならないと、と思って……」
　口にしたあとで恥ずかしくなっていく。
　すると、いったん部屋を出ていこうとしていた瑞季くんがこちらに戻って来て、私の目の前に立ったかと思えば。
「あのさ。そんなにかわいいこと言わないでくれる？」
　突然、ふっと視界が暗くなった。
　——ちゅ。
　ほんの一瞬。
　小さな音を立てて唇がふさがれた。
　突然の出来事に固まったまま瑞季くんを見る。
「お前は今のままが一番かわいいから」
「……っ」
　唇がじんと熱くなって、鼓動が一気に速くなる。
「あさひ」
「う、うん」
「このくらいで赤くなってどうすんの」
「だって……まだ慣れないし、恥ずかしいよ」
　思わず両手で顔を隠したら、無理やりどかされた。
「いちいちそういう顔されると俺も困るからさ」
「そういう顔？」
「……そんなんじゃ、あとあともたないだろって話」
　そう言って背を向ける瑞季くん。
「……夜に慣らしてやるから覚悟しとけよ」
　そんなセリフを残して、出ていってしまった。

……どうしよう。
　まだ鼓動が鳴りやまない胸を押さえながら考える。
　瑞季くんって、こんなに甘かった……？
　今まで冷たくされてきた分、優しくしてくれるのは嬉しいけど、慣れていないからとまどってしまう。
　思いっきり甘えてみたいって、ひそかに思ってはいるけれど、私はたぶん、まだ自分から積極的にいくことはできない。
　それは多分、瑞季くんのことが好きすぎて、これ以上優しくされたら心臓がもたないから……。

　瑞季くんの部屋の、ソファはふかふか。
　そこに座って、大好きな甘いココアを飲みながらふたりで映画を観るって、相当贅沢だと思う。
「……瑞季くん、眠いの？」
　私の肩に頭を預けてくるから、そう聞いてみれば、
「いや、べつに」
「だって、頭……」
「俺のことより、映画に集中しようか」
「う……」
　私だって集中したいけど、これだけ距離が近かったら瑞季くんのことしか考えられない。
「……あさひ、髪ちょっと濡れてる」
　寄りかかったまま触れられてドキッとする。
「瑞季くんち来る前に、シャワー浴びてきたから……。髪、

寝ぐせとかついてたし」
「へえ。……それでその恰好は誘ってんのかなって思ったけど、お前に限ってそれはないよな」
　はあ、と溜め息が落ちてくる。
　誘ってるって……？
「俺も集中できねー」
「……へっ、ちょ、瑞季くん」
　突然、肩を抱き寄せられて瑞季くんの匂いに包まれた。
　ち、近い……！
　あまりにも近い！
「ど、どうしたの……」
「さあ」
「さあって……」
「俺のこと好き？」
「へ？　す……」
　そりゃ、好きだけど。
　なんで今の話の流れでそうなるの？
「ねえ、あさひ」
　瑞季くんの甘えた声が私の名前を呼ぶ。
　くらっときた。
「好――……んっ」
　その言葉は最後まで言わせてもらえず。
　触れた唇の隙間から吐息がもれた。
　気がつくと、瑞季くんにぎゅっと抱き寄せられたせいで、私の上半身はソファじゃなくて、瑞季くんにもたれかかっ

ていて。
　目を閉じると、自分の心臓の音がドクドクと、やけに大きく聞こえた。
　いったん離れた唇。
　そっと目を開けると、視線が合ったかと思えば、また奪われる。
「っ、……」
　噛みつくようなキスが、だんだんと深くなって。
　息が思うようにできなくて頭がぼうっとなる。
　苦しいけど、背中に回っている瑞季くんの手が私を優しく抱きしめるから、恥ずかしい気持ちと大好きって気持ちが合わさって、涙になった。
「あさひ……名前呼んで」
　瑞季くんが吐息交じりの声で言う。
　……無理だよ。
　息つくヒマも与えてくれないのに、そんなこと。
　そう思うのに、頭のブレーキがゆるんだ私は無意識に応えようと、瑞季くんをぎゅっと抱きしめ返していた。
「……みず、……っん。あ」
　何度も何度も、角度を変えて落とされるキス。
　唇が重なるたびに息があがって、それでもやめてくれない。
　でも、やめないでほしいって思ってしまう。
　苦しいのに。
　瑞季くんがキスに慣れてるのわかるし。

こんなことしたの私だけじゃないって思ったらいやなのに……。
　離さないでって言いたくなる。
「はあ……っ。も、無理……」
　息があがってしまった私が無意識にそう口にすると、瑞季くんは体を離した。
「悪い……苦しかった？」
　ちょっと余裕のない表情の瑞季くん。
　やっとまともに空気を吸うことができて息苦しさから解放されたのに、同時にさみしさみたいなものがこみあげてきて。
「ち、ちがうの……」
「ちがう？」
「苦しくていいから、もっと……」
　……なにを言ってるの、私。って。
　頭の中の冷静な自分が必死で止めようとするのに。
「もっと、なに？」
　意地悪な声が、私の本音を誘いだす。
「やめないで、ほし……」
　あまりの恥ずかしさに涙がにじんだ。

【瑞季side】
　俺の腕の中で息を乱すあさひを見おろしながら、心の中で舌打ちした。
　この流れを作ったのは俺だけど。
　予想以上に、あさひが従順すぎて。
　……頭が回らなくなってる。
　一瞬血迷った。
　この細い腕を押さえつけて滅茶苦茶にしてやりたいって。
　思わずソファに押し倒してしまった。
　本当……余裕がない。
「瑞季くん……」
　そんな切なそうな声で名前呼ぶとか、本当……だめだからな。
　おとなしい顔して、自然体で煽ってくるからタチが悪い。
　かわいくて、すごく愛しい。
　それなのに、なんにも自覚してないようなあさひの顔を見ると無性に腹が立ってくる。
　あさひと付き合っているのが、今あさひに触れているのが、自分でよかったと心底思った。
　……他の男にこんな表情を見せるなんて、考えただけでもおかしくなりそうだから。
「お前さ、もっと自覚もったほうがいいよ」
「……自覚？」
「俺の理性、簡単に壊すって」

「っ!」
　真っ赤に染まる顔。
　涙で潤む瞳。
　我慢できなくて唇を奪った。
　あさひの甘い匂いと、体温と、やわらかい肌。
　頭がくらくらする。
　首筋に指先で触れると、びくんと体をふるわせた。
「み、瑞季く……」
　またそんな切なそうな声を出して。
　あー……もう。
　本当にタチが悪い。
「俺以外、誰にも触らせんなよ」
　なんで俺、こんなこと口走ってるんだろう。
　こんな、独占欲。
　いいかげん、ダサい……。
　けど、本気で、誰にも渡したくないって思った。
「瑞季くん……」
　潤んだ瞳で俺を見あげるあさひにドキッとする。
「うん？」
「大好き」
「っ、わかったから」
　それ以上言われると、そろそろ限界な気がして目をそらした。
　そんな俺を見て不安そうに瞳を揺らすあさひは、やっぱりなにもわかってない。

「……俺も好き」
　直視できなくて、わずかに目をそらしなから口にする。
　ていうか、おかしいくらい好きだ。
　抑えきかない。
　……がんばって、抑えるけど。
　だって、今日あさひを家に呼んだのはこういうことするのが目的じゃないから。
　いったん頭を落ち着かせて、あさひをきちんとソファに座らせた。
「ちょっと大事な話」
　そんな俺の言葉に、あさひが緊張したのがわかった。
「そんなに固くならなくてい―から」
「……」
「その、……俺の、元婚約者の話なんだけど」
「……うん」
　……そう。
　まず、今日はこのことを先に話す予定だった。
　あさひがあまりにも煽ってくるから、頭から飛んでしまっていた。
「相手とは……葛西の妹とは、この前直接会って話した」
「……うん」
「最初からわかってはいたけど、あっちは俺自身に興味はなくてさ。だから意外とあっさり、解消を認めてくれた」
　ほっとしたような、でもまだ不安がぬぐえないといった表情のあさひ。

ほっとしたのは、俺も同じだった。
「あっちには俺以外にも有望な候補者がいるから、ちょっと結婚の予定が先になっただけで、将来的にダメージはないって葛西の父さんも言ってた。その辺はまた、あらためて……謝罪とかしなきゃいけないんだけど」
　話しながら、どこまで話すべきか迷った。
　あまり不安にさせたくもない。
「……まあ、そういうことで明日の午後、父さんと会うことになってさ。ちゃんと、俺の意志伝えるから……っていうのを、お前に言っておこうと思って」
　改まった話をあさひにするのは落ち着かなかった。
　これは、あくまで俺自身の問題で、あさひはなにも関係ない。
「俺はあさひが好きだから、将来ずっと一緒にいたいから葛西家との婚約は解消するっていうのと、会社のことは任せろ、みたいなこと。いかにうまく伝えるかだな」
「……っ」
　見ると、あさひが泣いていたので驚いた。
「いや、なんで泣く……」
「な……なんか、瑞季くんが好きすぎて……」
「はあ？　……当たり前だろ」
　あさひは基本的に涙もろいし、たまに思考回路も飛んでてわからないことも多いけど。
　俺のことを想って泣いてくれてるんだってわかるから、たまらなく愛しい。

気づけば映画は終わっていて、エンドロールが流れていた。
「結局、どんな映画かもわからずに終わったな」
「最初のほうはちゃんと見てたもん」
「集中できてなかったくせに」
「それはっ、瑞季くんが途中でくっついてくるから……」
「……」
「キ、キスしてくるし」
「俺のせいなの？」
「う、うん……」
　顔を赤くしてうつむくあさひを見ていたら、無性にいじめたくなってきた。
「それで、」
　ほっぺたをつかんで無理やりこっちを向かせる。
「もっとしてって言ったのは、この口かな」
「ち……あれは、ちがう」
「なにがちがうんだよ」
「……」
「ほら、なにも言えない」
　余計に顔を赤くするあさひに、そっと口づける。
「……んんっ」
　だからその涙目、なんとかしろって。
　唇を離して、あさひを見つめる。
「今から、なにしたい？」
「へ……」

「まだ、時間たっぷりあるけど。ちがう映画観てもいいし、久しぶりにトランプとかで遊んでもいいし」
「……」
　一応、あさひのことを考えてそんな選択肢を用意してみたけど。
　本人はなにやら返答に困ってる様子。
「まあ、ずっと俺とべたべたしてるっていうのもいいよね」
　冗談半分、本気半分の提案。
　あさひは目をそらした。
　そして、
「それがいい……です」
　なんて言うもんだから。
「……勘弁して」
「えっ。ご、ごめんなさい」
「俺さ、我慢できるかわかんないよ。お前のこと襲うよ」
「う、うん」
　うん、じゃねーんだよ。バカ。
　ちゅ、と優しく唇を重ねて抱きしめる。
　——こうやって、ゆっくりと甘い夜が更けていった。

「葛西家のほうからもう話は聞いている。よっぽどあさひちゃんのことが好きなんだな」
　次の日の夜。
　おそるおそる足を踏み入れた部屋で待っていた父さんは、思っていたよりもやわらかい表情をしていた。

かといって緊張が解けるわけでもなく。
「……すみません」
 ひとまず謝ると、父さんはうなずいた。
 それがどういった意味の仕草なのかわからず、しばらく黙っていると。
「俺を超える大人になるんだって?」
 ニヤリと口角をあげた父さんが、突然そんなことを言うから固まってしまう。
「そしてあさひちゃんのことを、それ以上に愛す……だったか?」
 その言葉には聞き覚えがあった。
 でも、それは——。
 なんで父さんが……。
 わけがわからず、見つめる。
「ここに来る前、穂希くんと話したんだ」
「葛西と? どうして」
 驚いた。
「家以外でのお前のことを、知っておきたかったから……かな」
「家以外での俺……」
 そんなことで葛西にわざわざ会いに?
 とまどいで言葉も出てこない。
「少し、縛りすぎていた自覚はあった。だがお前がなにも言わないならそれでいいと思ったし、このくらいがちょうどいいとも思っていた」

「……」
「でも、明確な自分の意志があるなら、俺はそれを尊重したい」
　目の奥が熱くなった。
　まさか、こんなことを言われるとは思っていなかったから。
　厳しい言葉を浴びることを、覚悟していたのに。
　俺の気づかないところで優しく見守ってくれていた父さんに、感謝の気持ちが込みあげる。
「父さん……ありがとう。俺、会社のトップに立つために、死ぬ気で努力します。あさひには、さみしい思いさせる時もあるかもしれないけど……一番に愛して、一生幸せにします。絶対、両立してみせますから」
「……わかった。好きに生きてみなさい。お前の生き方、楽しみに期待している」
　父さんは席を立った。
「それから……いい友達を持ったな」
　大事にしなさい、と。
　そんな言葉を残して、部屋を出ていく。
　気づいたら、涙で頬が濡れていた。

『へえ、矢代のほうから掛けてくるなんてめずらしいじゃん』
　電話越しに聞く葛西の声は相変わらず軽々しく、なにやら楽しそうな笑いを含んでいた。

「父さんと話したんなら連絡くらい入れろよ」
『えーなに。わざわざそんなこと言うためだけに電話したわけ〜?』
　いちいち神経にさわる話し方も相変わらずで。
　それでも。
「お礼言っとこうかと思って。一応」
『一応ってなんだそれ。俺はただありのままのお前の話をしただけなんだぜ。でもまあ、今度お寿司おごってくれると嬉しいな〜』
　話していると、電話を掛けた自分がバカみたいに思えてくる。
　けれど、こんな態度も話し方も、葛西なりの気遣いと優しさなんだってわかっているから。
「ありがとな」
『はいはい、どいたま』
「それじゃ」
　切ろうとすると『待って』と止められた。
「なに」
『……いや。がんばってな、いろいろ。俺もがんばるから』
　軽口じゃなく、マジメなトーン。
　葛西家の次男のコイツにも、俺とはまたちがった大変さがあるんだと思う。
「ツラい時は、俺のこと頼ってどーぞ」
　冗談交じりにそう言って、俺は電話を切った。

こんな生きづらい世界にも、大切だと思える人たちがたくさんいる。
　あさひも、依吹も、山崎も、葛西も、生駒さんも。
　いろんな人に支えられて、背中を押してもらって、今の自分がいるから。
　もう、迷ったりしない。
　愛するあさひと――大事な人たちのために強く生きていこうと、そう心に誓(ちか)った。

書籍限定番外編2
ふたりの日々

――5年後の秋。

ある土曜日の昼下がり、某有名ホテルの煌びやかなロビーにて。

なぜか、葛西くんとふたりきりで、私は立っていた。
「は？　矢代が遅れる？」
「うん。なんか、会社から急用の電話が掛かってきたらしくて……。詳しくは聞いてないんだけど、すぐ終わらせてから来るって言ってた」

私が事情を説明すると、葛西くんは「ふうん」とうなずく。
「なんだよあいつ。俺がせっかく気合入れてレストラン予約したのにさあ」

ちょっと口をとがらせた葛西くんのおどけた表情を見て、変わってないなぁ、と思わず笑ってしまった。

今日は、葛西くんと山崎くん、それに私と瑞季くんの4人でランチをすることになっている。

高校卒業後、みんな別々の大学に進学したけど、ちょこちょこ集まっていた私たち。

でも、就職活動や卒業論文の準備などが始まってからは、予定が合わなくなってしまい。

みんな無事に社会人になって、新生活が落ち着いたこのタイミングで、久しぶりに集まろうということになった。
「あっ、山崎ももうすぐ着くってさ」

スマホに視線を落とすと、素早い動きで返信している様

子の葛西くん。
　山崎くんは将来海外で仕事をするため、外国語系の学科に通っていた。
　３年生から１年間留学して、日本に帰ってきたあとすぐに就職活動が始まったから、一番長い間会っていない。
　もう２年半ぶりになるんだなぁ……。
「今、近くにいるらしいんだけどさ」
「山崎くんが？」
「うん。なんかこのホテル入りにくいって言ってるぜ」
「……ああ」
　すごくわかると思った。
　私も同じだから。
「自分が入っていいのかなって思っちゃうよ、やっぱり」
　御曹司の瑞季くんや葛西くんと一緒にいると、元々の住む世界がちがうんだなって実感することが多くある。
「でも、もう慣れただろ？」
「ううん……それがあんまり慣れないんだよね。いつも緊張しちゃう」
「そんなもんかあ？」
　葛西くんは不思議そうな顔をする。
「瑞季くんと釣り合うような女にならないとって、いっつも考えるんだよね」
　瑞季くんは『変わらなくていい、そのままが好き』って言ってくれるけど。
　こっちの世界の感覚とか、最低限のマナーとかはやっぱ

り身につけておかなくちゃならないし。
「礼儀作法とか、生駒さんに教えてもらったんだ」
「あー。あの人、本当に優秀だよな」
「うん。本当になんでも知ってるし、尊敬しちゃう」
「……でも、さあ。知ってる?」
　と、意味ありげな表情で聞かれたから「なにが?」と首をかしげる。
「生駒さん、元ヤンだって噂」
「……!」
　え?
　いやいやいや……。
　あの、物腰優雅な喋り方、立ち姿を思い浮かべてみるけど。
　……ありえない。
　想像つかない。
「う、嘘だよね……?」
　葛西くんを見あげると。
「さあ? 俺もよく知らね」
　そんなことはないだろうと思いつつも、本当だったら……と考えると、なんだかおかしくなってきてしまって。
　いつか、本人に聞いてみたいなぁって、少しだけ思った。
　そんな雑談をしていたら、葛西くんのスマホの着信音が鳴って。
「あ、山崎着いたみたい」
　葛西くんがそう言ったのと、ホテルのロビーのドアが開

いたのはほぼ同時だった。
「おまたせ」
　中に入ってきたのは、懐かしい顔。
　短かった髪が少し伸びたくらいで、優しい顔の印象はなにも変わっていない。
　でも、まとっている雰囲気は、社会人らしく落ち着いていて。
「わあ、お久しぶり。です」
　大人になった彼の姿に、思わず敬語になってしまった。
「本当に久しぶり。綺麗になったね、中瀬さん。……って呼ぶのはもうおかしいか」
　そんなことを言われ、顔が赤くなる。
「式には参加できなくてごめん。遅くなったけど、結婚おめでとう」
　あらためてそう言われると照れてしまう。
「ありがとう」
　そう、半年前……大学を卒業してすぐ、瑞季くんとついに結婚をした。
　私たちの結婚式の時、山崎くんは就職先の海外研修中で、直接会うことはできなくて。
　瑞季くんも、山崎くんには来てほしかったって嘆いてたのを思い出す。
　御曹司という立場にあった瑞季くんとは、今までなかなかふたりきりの時間が取れなくて、さみしい時期も少なからずあったけれど。

瑞季くんは『結婚するまで待っててほしい』と言って、本当に、必死に努力していた。
　学校がある日も、夜遅くまで会社のことや経済について勉強をしていて、いつも目の下にクマをつくって登校していた。
　それでも弱音なんて1回も吐くことなく、私といる時は決まって優しい態度で接してくれていて。
　本当に……いつか倒れてしまうんじゃないかって心配していたくらい。
　だから今、隣で支えることができて、毎日幸せを感じている。
「さ、行こうぜ。矢代はどうせ遅れるんだしさ」
　葛西くんに促され、私たちはスタッフについて奥のほうへと進んだ。
　立派な扉が開けられると、そこに現れたのは、窓から都心を一望することができる広々とした個室。
　たった4人でここを使うのが申し訳ないという気えしてくる。
「うわ、すげえ」
　と、隣で山崎くんが溜め息をもらした。
「あとで矢代が来るはずだから、よろしく」
　と、葛西くんがホテルの人に伝えると、扉が閉められて、広い部屋に3人だけになる。
　山崎くんと私を座るように促して、葛西くんが口を開いた。

「料理は、矢代が来るまで待っといてやるか」
「うん。本当にすぐ終わるって言ってたし、もうすぐ来ると思うよ」
　私がそう返事をすると、ふたりともうなずいた。
「じゃあ、瑞季を待ってる間、思い出話でもするか」
　山崎くんがそう提案し、葛西くんがさっそく高校時代の瑞季くんの話を始めた。
　あまりにも出来がよくて、初めは正直きらいだったらしい。
　同級生で同じ御曹司だから、なにかと比べられることが多かったんだとか。
「最初はマジで無理だと思ったわ。欠点なんてまるでなくて。でも、親父からは、将来のために仲よくしておくように言われるしさぁ……」
　葛西くんのこういう、正直なところが、好きだと思った。
「でも、しゃべってみるとおもしろいやつなんだよな。最近は俺にすっげえ心開いてくれてるって感じるわ！」
　嬉しそうな顔。
　瑞季くんのこと好きなんだなって伝わってくるから、こっちまで嬉しくて笑ってしまう。
「あいつ、新人だけどもうすでに噂になってる。いくら御曹司とは言っても、あんなデキるやつ、そうそういないってさ」
　なぜ葛西くんがそんなことを知ってるかというと、なんと、彼が入社したのが矢代グループの会社だから。

もともと瑞季くんのお父さんと葛西くんのお父さんは若い頃からの知り合いで、その親交の深さも、音加ちゃんと瑞季くんの婚約解消が丸く収まった一因なんだとか。
　葛西くんのお父さんは、おたがいの仕事ぶりが近くで見られる環境にいれば、息子同士が成長できると思い、根回ししたらしい。
　葛西くんも最初は渋々だったけれど、今は、同期でありライバルでもある瑞季くんを意識してがんばっているという。
　会社での瑞季くんを知らないから、そういう話は新鮮で、聞くのが楽しかった。
「すげぇな、瑞季……きっと大物になるぜ。絶対幸せにするって言ってたしな、中瀬さんのこと」
　山崎くんも、優しい言葉をかけてくれる。
　私が瑞季くんと一緒になれたのは、ふたりのおかげなんだってことを再認識させられて、なんだか涙が出てきた。
「本当に、ありがとう。ふたりとも」
　高校の時から、瑞季くんを支えてくれて、私の背中を押してくれて。
　優しく笑うふたりを目の前に、幸せを実感する。
　この人たちのおかげで今の生活があること。
　この気持ちを、ずっと大事にしたいって思った。
　瑞季くんが来たら、また、４人で思い出話に花を咲かせよう──。

——その日の夜。
　都内マンションにて。
「あー、なんか久しぶりにしゃべり疲れた」
　そう言いながら、ダイニングテーブルにつく瑞季くん。
　あのあと結局、瑞季くんは会社からの呼び出しが長引いて、1時間くらい遅刻してしまったけれど。
　無事合流できたあとは、4人それぞれの近況報告や思い出話で盛りあがった。
　今は、ふたりで住むマンションに帰ってきて、夕飯を食べているところ。
「久々にみんなで話せて楽しかったね」
「とくに、遼平と会うのは2年半ぶりだったからなあ。しょっちゅう連絡は取りあってるんだけど」
「山崎くんも忙しそうだったもんね」
「葛西とは、イヤでも頻繁に顔合わせてんのに」
　なんて、瑞季くんは顔をしかめて言ってみせるけど。
「でもなんだかんだ言って、葛西くんと仲よしじゃん」
　初めは全然そんな感じじゃなかったけれど、仕事絡みとはいえ一緒にいることが多いふたりは、日に日に親しくなっているらしく。
　瑞季くんの話を聞いていると、いつも楽しそうだ。
「葛西が俺んとこに入社してきたのは、本当に予想外だったけどなあ」
「それを言うなら、葛西くんは、瑞季くんがお父さんの会社に入らなかったことにびっくりしてたよ」

私の言葉に瑞季くんは、ははっと声をあげて笑う。
「まあ、一時的ではあるんだけどな」
　……そう。
　高校を出て、有名な私立大にトップで入学した瑞季くんは、首席のまま卒業して……お父さんが経営する親会社ではなく、矢代グループの傘下である子会社に平社員として就職した。
　本来だったら、初めからお父さんの会社のいい席につくことができたらしいのだけど、瑞季くんはそれを拒んだ。
『父さんから離れたところで、経験と実力をつけてから親会社に行きたい』……と。
「後悔とかは全然してない。やっぱり一から学ぶことって大事だろ……。それに、多少は舐（な）められる経験もしとかないとな」
　今の会社で、3年間は過ごすつもりでいるらしい。
　そのあとお父さんの会社に入って、自分で納得がいくまで成長することができてから、あとを継ぐと言っていた。
　瑞季くんらしい選択だな、と思う。

「ごちそうさま」
　丁寧に手を合わせた瑞季くんが、食べ終えた食器を持って立ちあがった。
　ひと足先に食べ終わり、洗い物を始めた私の隣に並んできて、流し台の上に食器を重ねたかと思えば。
「ねえ、あさひ」

と、ちょっと甘ったるい声を出しながらぎゅうっと抱きついてくる。
「ちょっ、今お皿洗ってるから……！」
　うっかりお皿を手から滑らせそうになり、慌てて言葉で制するものの、いつまでたっても離れようとしない瑞季くん。
　それどころか、抱きしめている腕にいっそう力を込めてきて。
「今日俺が行くまで、あいつらとなに話してたんだよ」
「え？　普通に思い出話とかだけど……」
「本当に？　口説かれなかった？」
「ま、まさか……！」
　ふたりとも、私と瑞季くんのことを心から祝福してくれていて。
　冗談でも、口説かれるなんてことあるわけがないのに。
　びっくりして顔だけ振り向くと、なぜか瑞季くんは眉間にシワを寄せ、不安げな表情をしている。
「あいつら、高校の時からお前のことかわいいって言ってたんだからな。ちょっかい出されないように気をつけろよ」
「いやいや、そんなのお世辞に決まってるし……！」
「……お前はいい加減、自覚しろ」
「え？　なにを？」
　そう問いかけると、瑞季くんはふーっと溜め息をついた。
「……なんでもない。今日は遅れた俺が悪かったし。それより、一緒に風呂入ろ」

再びぎゅっと抱きしめられたかと思うと、耳元でそんなことをささやかれた。
　同時にお腹あたりを優しくなぞるように触られて、ビビっと体が反応する。
「ねえ、あさひ」
「っ。瑞季くんが先に入っていいよ……」
「いいじゃん。１週間がんばった俺にご褒美ちょーだい」
　ちょーだい、なんて子どもみたい。
　平日、早朝から夜遅くまで一生懸命(いっしょうけんめい)働いている瑞季くんは、休みの日になるとやたらと甘えモードになる。
　……今日は突然の休日出勤があったから、なおさら。
「早く食器洗って、さ。ね、入ろ」
　妙に色っぽい目つきで見つめられて、胸の奥がきゅんときた。
「でも、一緒にお風呂なんて……」
「なにを今さら」
「う……だって」
「まだ慣れねえの？」
「あ、明るいと無理……」
　なんだか恥ずかしくなってきて思わず顔を背ける。
　すると、瑞季くんはよりいっそう顔を近づけてきて。
「うん。お前暗いところじゃ、やたらと従順でかわいいもんなあ」
「っ！」
　かわいく甘えてきたかと思えば、急に意地悪い声を出す

から困ったものだ。
　付き合う前から薄々感じてはいたけど、瑞季くんって意外とＳっ気がある。
「皿洗いなら俺も手伝う」
「いいよ、疲れてるでしょ？　先に入っていいから」
「じゃあ、あさひが先入って」
「へ？」
　どういうこと？と聞き返すと、瑞季くんは目を細める。
「俺が皿洗っとくから、先に風呂入ってて」
「でも」
「旦那の言うことはちゃんと聞こうね」
　そう言って、流し台の前から無理やりどかされた。
「ちょ、ちょっとぉ……」
「俺あとから入るから、中でちゃんと待っとけよ」
　楽しそうに、命令口調で。
　恥ずかしいのに、なんだかんだ言ってまんざらでもない私は、顔を赤くしながら小さくうなずいた。

　ちゃぷん、と音を立てて湯船につかる。
　一緒にお風呂に入るのは初めてじゃないけれど、いまだに慣れないというか……恥ずかしい。
　泡のお風呂で、体は多少隠れるとはいえ。
　いくら……見られ慣れているとはいえ。
　ドキドキと緊張で、はあっと溜め息が出た。
　それにしても、毎日瑞季くんと一緒にいられるなんて幸

せだなぁ……と、あらためて感じる。

　このマンションには、結婚と同時に住み始めた。
　家族は、瑞季くんと私と、それからキラ。
　ふたりと１匹で暮らしている。
　仕事で忙しい瑞季くんも、キラを見て毎日癒されているみたい。
　……キラはやっぱり私より瑞季くんに懐いていて、そこはちょっと嫉妬してしまうのだけれど。
　私は動物看護専門の大学を卒業して、今は動物病院で働いている。
　最初、瑞季くんのお父さんが、結婚祝いとして都心の高級マンションを用意してくれるという話もあった。
　だけど、瑞季くんは迷いなく『あさひのことは俺が支えます』と言ってくれて。
　お父さんからの援助を断って、自分のお給料で家賃を全額払えるところ、なおかつ、私の職場から近いところを見つけてくれたんだ。
　でも、私だってちゃんと働いてるんだから、瑞季くんのことを支えたい。
　だから、このマンションは、ふたりで家賃を半分ずつ出して借りている。
　瑞季くんには最後まで反対されたけど、なんとか押し切る形で新生活をスタートさせた。
　それにしても、お父さんにきっぱり宣言してくれたとき

の瑞季くん、いつにもましてかっこよかったなぁ……。
「──あさひ、入るよ」
　突然の声に、ぼうっと湯船につかっていた私はドキッとして姿勢を正す。
「あっ、いや、ちょっと待っ……」
　私の返事なんかまるで無視。
　開けられたドアから入ってくる、瑞季くん。
　直視できなくて、目をそらす。
　そして自分の体も見られたくなくて、泡のお風呂にできるだけ沈みこむようにして隠した。
「キラがさあ、」
　と、優雅にシャワーを浴びながら口を開き。
「脱衣所まで俺のこと追いかけてくんの。おかげで毛だらけ」
　そう言って楽しそうに笑う。
　瑞季くんも、キラのことをかなり溺愛してる。
　ラブラブ。両想い。
　私もキラみたいに、素直に甘えてみたいっていつも思うんだけど……。
　──ザブンと、ひととおり全身を洗った瑞季くんが湯船に入ってきた。
　ただでさえ、ふたり一緒に入ると少し窮屈なのに……。
「ちょっと、くっつきすぎ……」
　私の恥ずかしさで消え入りそうな声がお風呂場に響く。
「やわらか」

なんて言って、聞く耳も持たないから困る。
　ていうか、やわらかいって……素直に喜んでいいのかな？
　ちょっと太ったのバレてる……？
　ドキドキと心臓が鳴ってうるさい。
「瑞季くん、離れてよ……」
「離れてぃーの？」
「う……」
「恥ずかしいけど、こうしててほしいんじゃないの？」
「……うるさいよ」
　やだ。
　なんでもお見通しなの、やだ。
　いつも余裕たっぷりなの、かっこいいけど。
　ちょっと意地悪なのも、ドキドキして、イヤじゃないけど。
「こっち向きな」
　って、誘いだすような声。
　振り向いたら、唇が優しく重なった。
　ちゅ、とわざとらしく音を立ててから、ゆっくりと離される。
　目を見ることができない。
　瑞季くんの引き締まった体が、すっごく色っぽくて、心臓爆発しそう……。
　一気に体温があがって、頭がくらくらしてくる。
　お酒を飲んだわけでもないのに、目が回って。

視界がはっきりしなくなる。
「ねえ、あさひ。このあとさ……」
「……」
「……あさひ？」
「……ん」
　ああ、ダメだ。
　ふっと目の前が真っ暗になる。
「──おいっ」
　うっすらとした意識の中で、大好きな人の腕に包まれたのがわかった。

「……あんな短時間でのぼせるか？　普通」
　ベッドの上で横たわる私をうちわで扇ぎながら、瑞季くんがあきれた声を出す。
　まだ体が火照っていて、頭も少しぼんやりとした感覚。
「水持ってきた。飲む？」
　ゆっくりと起きあがって差し出されたコップを受け取り、水を喉に流しこんだら、ちょっとだけ落ち着いた。
「ごめん……ありがとう」
　やっぱり、一緒にお風呂に入るっていうのは、私にはハードルが高いよ……。
　初めてじゃなくても、自分の体を見られるのは一生慣れそうにない。
　だって、そんな自慢できるような体形じゃないし。
「なんでベッドだと大丈夫なのに風呂だとダメなんだよ」

「べ、ベッドでもいつも死ぬほど恥ずかしいんだから……。暗くしてくれなきゃ無理」
「なんでだよ。もっと自信持っていいよ、お前」
　そんな……。
　いちいち恥ずかしいことを言わないでほしい。
　私の反応を見ておもしろがってるの、わかってるんだからね。
「もう大丈夫か？」
「うん……ありがとう」
「明日も仕事ないんだし、ゆっくり休めよ」
　そう言って私の横に寝っ転がってくる瑞季くん。
　ふーっと息を深く吐きだしたかと思うと、
「ていうかさ、えろいね。この格好」
　……え？
　と思って、瑞季くんの目線の先をたどったら。
　私の、太もも。
　……ていうか、なんで私、こんな格好を……！
　のぼせてしまったせいで、意識が薄かったからわからなかったけど。
「これ……瑞季くんのシャツ……」
　カアッと顔が熱くなる。
　あらためて自分の姿を見てみると、Tシャツ1枚だけ。
　瑞季くんのだから、サイズが大きめで、太ももの途中までしか肌が隠れていない。
　そっか。

私がのぼせたから、抱えてお風呂から連れ出して、服を着せてくれたんだよね……。
「み、見たんだ……」
「なにを」
「は、はだか」
「だから、なにを今さら」
　しれっとした顔。
　そして、向かいあって寝転んだ体勢のまま、手首をサッとつかんで抱き寄せられる。
「そこは、ありがとうだろ？」
　ニヤリと綺麗にあがる口角。
　近づけられる顔。
「や、やだ……ぁ」
　だって！　ブラしてない！
　付けられてたら、それはそれで問題だけど。
　シャツ１枚なんて、いろいろと危ない！
「逃げんな」
「いや、ちょっと。え？」
「抑えようと思ってたけど、やっぱり無理」
「へ……なにそれ……」
　肩をつかまれて、頭を固定される。
　降ってくるのはキスの雨。
「～～っ」
　せっかく火照りが引いてきていたというのに、こんなことされたらまた熱があがっちゃう。

シャツ１枚っていう格好と、電気が煌々とついている部屋のせいで余計に。
「嘘つき」
　いったん唇が離れたあと、そう言ってにらんでみれば。
「うん？　なにが？」
　って、楽しそうに笑う。
「ゆっくり休めって言ってたくせに！」
　そんな言葉、一度スイッチが入った瑞季くんには通用しない。
「だってお前がそんな格好してるから」
「これは瑞季くんが勝手に着せたんでしょう!?」
「のぼせるほうが悪いだろ」
「り、理不尽……」
　ベッドに来たら、結局いっつもこう。
　瑞季くんの声はやっぱり麻薬。
「かわいいよ」
　って耳元でささやかれると、クラっときて、体を預けちゃう。
　満足そうに笑う瑞季くん。
　その笑顔にどこまでも弱い私。
「電気は消してください……」
　って、小声でつぶやくのがやっと。
　だけど、瑞季くんは体を離す気配がなく。
　ふっと真顔に戻って私のことをじっと見つめてくるから、どぎまぎしてしまう。

「な、なに……？」
「やっぱ、卒業してすぐ結婚してよかった。毎日一緒にいられるって、こんなに幸せなんだな」
「……っ」
　思わずぎゅっと抱きついた。
「どうした？」
「私も同じこと思ってたから、嬉しくて……」
　そう答えて見あげると、瑞季くんはふわっと笑った。
「俺、もうあさひのこと離さないよ、絶対に。頼まれても離れないから、覚悟しといて」
「うん、私も離れない。……約束だよ？」
　そう言ってそっと小指を差し出すと、瑞季くんは自分の小指を絡めてくれた。
　そのまま優しくつながれた手を握り返すと、再びキスの雨が降ってくる。

　瑞季くんと、私。
　おたがい、大切に思っていることを確かめあえる幸せ。
　この先もずっと、ふたりで支えあっていけますように。
　瑞季くんの愛おしむようなキスを受け止めながら、心からそう願って──そっと目を閉じた。

End

あとがき

こんにちは、柊乃です。

この度は『幼なじみのフキゲンなかくしごと』をお手に取ってくださり、ありがとうございます……！

幼なじみモノが大好きだからまた書きたい！と書き始めたお話なのですが、御曹司と一般家庭の普通の女の子という立場の差が思った以上に難しく、途中で心が折れそうになったり、書くのをやめようかと思ったり。

それでもなんとか完結させることができたのは、野いちごサイト上での更新を追ってくださっていた方からの励ましの言葉であったり、感想ノートのメッセージであったり。

今回もたくさんの方々に支えられて、この作品ができあがりました。

本当に本当にありがたいです。

少し自分の話になるのですが「心の底から好き！　やっててよかった！」と思える趣味って、物語を書くことくらいしかなくて。

基本的に受け身体質で、それが悩みでもあったので、自発的になにかをしたい！と思うようになれたことが本当に嬉しいんです。

そして、創作って本当に楽しい。

私は髪色は黒か、すごく明るい（かなり両極端）感じが好きで、目つきは少し細めのクールな感じ、内面は度胸のある人がタイプで……。って、いきなりなんの話？って感じなのですが（笑）。
　自分が好きなものを自給自足できると言いますか……。しかも、それを読んで、好きと言ってくださる読者さまがいる。こんな幸せなことあるか!?と思うのです。
　自分の想像する世界を自分の言葉で表現できるって、本当に素敵だなあと執筆作業をしながら考えていました。
　これからも好きなように自分らしく書きつつ、少しずつ成長していけたらいいなと思います。

　担当の若海瞳さま、本当に素敵で、キュンとくるイラストを描いてくださった覡あおひさま、スターツ出版の皆さま、読者の皆さま。この作品に関わってくださったすべての方々に心からお礼申しあげます。
　本当にありがとうございました。
　最大級の愛と感謝をこめて。

2018.8.25　柊乃

この物語はフィクションです。
実在の人物、団体等とは一切関係がありません。

柊乃先生への
ファンレターのあて先

〒104-0031
東京都中央区京橋1-3-1
八重洲口大栄ビル7F

スターツ出版(株)書籍編集部 気付
柊乃先生

KEITAI
SHOUSETSU
BUNKO
SINCE 2009

幼なじみのフキゲンなかくしごと

2018年8月25日 初版第1刷発行

著 者	柊乃
	©Shuno 2018
発 行 人	松島滋
デザイン	カバー　金子歩未（hive&co., ltd.）
	フォーマット　黒門ビリー＆フラミンゴスタジオ
DTP	朝日メディアインターナショナル株式会社
編 集	若海瞳
発 行 所	スターツ出版株式会社
	〒104-0031 東京都中央区京橋1-3-1　八重洲口大栄ビル7F
	TEL 販売部03-6202-0386（ご注文等に関するお問い合わせ）
	https://starts-pub.jp/
印 刷 所	共同印刷株式会社

Printed in Japan

乱丁・落丁などの不良品はお取り替えいたします。上記販売部までお問い合わせください。
本書を無断で複写することは、著作権法により禁じられています。
定価はカバーに記載されています。

ISBN 978-4-8137-0512-3　C0193

ケータイ小説文庫　2018年8月発売

『甘すぎてずるいキミの溺愛。』みゅーな**・著

高2の千湖は、旧校舎で偶然会ったイケメン・尊くんに一目惚れ。実は同じクラスだった彼は普段イジワルばかりしてくるのに、ふたりきりの時だけ甘々に！　抱きしめてきたりキスしてきたり、毎日ドキドキ。「千湖は僕のもの」と独占してくるけれど、尊くんには忘れられない人がいるようで…？
ISBN978-4-8137-0511-6
定価：本体580円+税

ピンクレーベル

『幼なじみのフキゲンなかくしごと』柊乃・著

高2のあさひは大企業の御曹司でイケメンな瑞季と幼なじみ。昔は仲がよかったのに、高校入学を境に接点をもつことを禁止されている。そんな関係が2年続いたある日、突然瑞季から話しかけられたあさひは久しぶりに優しくしてくれる瑞季にドキドキするけど、彼は何かを隠しているようで……？
ISBN978-4-8137-0512-3
定価：本体580円+税

ピンクレーベル

『金魚すくい』浪速ゆう・著

なんとなく形だけ付き合っていた高2の柚子と雄馬のもとに、10年前に失踪した幼なじみの優が戻ってきた。その日を境に3人の関係が動き始め、それぞれが心に抱える"傷"や"闇"が次から次へと明らかになるのだった…。悩み苦しみながらも成長していく高校生の姿を描いた青春ラブストーリー。
ISBN978-4-8137-0514-7
定価：本体580円+税

ブルーレーベル

『この想いが届かなくても、君だけを好きでいさせて。』朝比奈希夜・著

女子に人気の幼なじみ・俊介に片想い中の里穂。想いを伝えようと思っていた矢先、もうひとりの幼なじみの稔が病に倒れてしまう。里穂は余命を告げられた稔に「一緒にいてほしい」と告白された。恋心と大切な幼なじみとの絆の間で揺れ動く里穂が選んだのは…。悲しい運命に号泣の物語。
ISBN978-4-8137-0513-0
定価：本体560円+税

ブルーレーベル

ケータイ小説文庫 好評の既刊

『山下くんがテキトーすぎて。』柊乃・著

ハイテンションガールな高2の愛音は、テキトーだけどカッコいい山下くんに一目ボレしたけど、山下に友達としか思われていないと諦めようとしていた。しかし、パシったり、構ったりする山下の思わせぶりな行動に愛音はドキドキする。そんな中、爽やかイケメンの大倉くんからも迫られて……?

ISBN978-4-8137-0272-6
定価:本体590円+税

ピンクレーベル

『彼と私の不完全なカンケイ』柊乃・著

高2の璃子は、クールでイケメンだけど遊び人の幼なじみ・尚仁のことなら大抵のことを知っている。でも、彼女がいるくせに一緒に帰ろうと言われたり、なにかと構ってくる理由がわからない。思わせぶりな尚仁の態度に、璃子振り回されて…? 素直になれないふたりの焦れきゅんラブ!

ISBN978-4-8137-0197-2
定価:本体570円+税

ピンクレーベル

『俺が愛してやるよ。』SEA・著

複雑な家庭環境や学校での嫌がらせ…。家にも学校にも居場所がない高2の結実は、街をさまよっているところを暴走族の少年・統牙に助けられ、2人は一緒に暮らしはじめる。やがて2人は付き合いはじめ、ラブラブな毎日を過ごすはずが、統牙と敵対するチームに結実も狙われるようになり…。

ISBN978-4-8137-0495-9
定価:本体570円+税

ピンクレーベル

『みんなには、内緒だよ?』嶺央・著

高校生のなごみは、大人気モデルの七瀬の大ファン。そんな彼が、同じクラスに転校してきた。ある日、見た目も性格も抜群な彼の、無気力でワガママな本性を知ってしまう。さらに、七瀬に「言うことを聞け」とドキドキな命令をされてしまい…。第2回野いちご大賞りほん賞受賞作!

ISBN978-4-8137-0494-2
定価:本体590円+税

ピンクレーベル

ケータイ小説文庫 好評の既刊

『無気力な幼なじみと近距離恋愛』 みずたまり・著

柚月の幼なじみ・彼方は、美男子だけどやる気0の超無気力系。そんな彼に突然「柚月のことが好きだから、本気出す」と宣言される。"幼なじみ"という関係を壊したくなくて、彼方の気持ちから逃げていた柚月。だけど、甘い言葉を囁かれたりキスをされたりすると、ドキドキが止まらなくて!?

ISBN978-4-8137-0478-2
定価:本体590円+税

ピンクレーベル

『葵くん、そんなにドキドキさせないで。』 Ena.・著

お人好し地味子な高2の華子は、校内の王子様的存在だけど実は腹黒な葵に、3ヶ月限定の彼女役を命じられてしまう。葵に振り回されながらも、優しい一面を知り惹かれていく華子。ところがある日突然、葵から「終わりにしよう」と言われて…。イケメン腹黒王子と地味子の恋の行方は!?

ISBN978-4-8137-0477-5
定価:本体570円+税

ピンクレーベル

『君に好きって言いたいけれど。』 善生菜由佳・著

過去の出来事により傷を負った姫芽は、誰も信じることができず、孤独に過ごしていた。しかし、悪口を言われていたところを優しくてカッコいいけど、本命を作らないことで有名なチャラ男・光希に守られる。姫芽は光希に心を開いていくけど、光希には好きな人がいて…? 切甘な恋に胸キュン!!

ISBN978-4-8137-0458-4
定価:本体590円+税

ピンクレーベル

『この幼なじみ要注意。』 みゅーな**・著

高2の美依は、隣に住む同い年の幼なじみ・知紘と仲が良い。マイペースでイケメンの知紘は、美依を抱き枕にしたり、おでこにキスしてきたりと、かなりの自由人。そんなある日、知紘が女の子に告白されているのを目撃した美依。ただの幼なじみだと思っていたのに、なんだか胸が苦しくて…。

ISBN978-4-8137-0459-1
定価:本体560円+税

ピンクレーベル

ケータイ小説文庫 好評の既刊

『あのとき離した手を、また繋いで。』 晴虹(はるな)・著

転校先で美人な見た目から、孤立していたモナ。両親の離婚も重なり、心を閉ざしていた。そんなモナに毎日話しかけてきたのは、クラスでも人気者の夏希。お互いを知る内に惹かれ合い、付き合うことに。しかし、夏希には彼に想いをよせる、病気をかかえた幼なじみがいて…。

ISBN978-4-8137-0497-3
定価:本体570円+税

ブルーレーベル

『僕は君に夏をあげたかった。』 清水(しみず)きり・著

家にも学校にも居場所がない麻衣子は、16歳の夏の間だけ、海辺にある祖父の家で暮らすことに。そこで再会したのは、初恋の相手・夏だった。2人は想いを通じ合わせるけれど、病と闘う夏に残された時間はわずかで…。大切な人との再会と別れを経験し、成長していく主人公を描いた純愛ストーリー。

ISBN978-4-8137-0496-6
定価:本体560円+税

ブルーレーベル

『新装版 桜涙』 和泉(いずみ)あや・著

小春、陸斗、奏一郎は、同じ高校に通う幼なじみ。ところが、小春に重い病気が見つかったことから、陸斗のトラウマや奏一郎の家庭事情など次々と問題が表面化していく。そして、それぞれに生まれた恋心が3人の関係を変えていき…。大号泣必至の純愛ストーリーが新装版で登場！

ISBN978-4-8137-0479-9
定価:本体590円+税

ブルーレーベル

『ごめんね、キミが好きです。』 岩長咲耶(いわながさくや)・著

幼い頃の事故で左目の視力を失った翠。高校入学の春に角膜移植をうけてからというもの、ある少年が泣いている姿を夢で見るようになる。ある日学校へ行くと、その少年が同級生として現れた。じつは、翠がもらった角膜は、事故で亡くなった彼の兄のものだとわかり、気になりはじめるが…。

ISBN978-4-8137-0480-5
定価:本体570円+税

ブルーレーベル

ケータイ小説文庫　2018年9月発売

『新装版　子持ちな総長様に恋をしました。』Hoku*・著

人を信じられず、誰にも心を開かない孤独な美少女・冷夏は高校1年生。ある晩、予期せぬ出来事で、幼い子供を連れた見知らぬイケメンと出会う。のちに、彼こそが同じ高校の2年生にして、全国No.1暴走族「龍皇」の総長・秋と知る冷夏。そして冷夏は「龍皇」の姫として迎え入れられるのだが…。
ISBN978-4-8137-0541-3
予価:本体500円+税

ピンクレーベル

『可愛いつよがり。』綺世ゆいの・著

バスケ部の練習試合で負けた高1の六花は、男子バスケ部のイケメン・佐久間との"期間限定恋人ごっこ"を罰ゲームとして命じられてしまう。犬猿の仲だった佐久間に恋人繋ぎやお姫様抱っこをされてドキドキが止まらない六花だけど、どうせからかわれているだけだと思うと素直になれなくて…。
ISBN978-4-8137-0530-7
予価:本体500円+税

ピンクレーベル

『君と恋して、幸せでした。』善生菜由佳・著

中2の可菜子は幼なじみの透矢に片想いをしている。小5の時、恋心を自覚してからずっと。可菜子は透矢にいつか想いを伝えたいと願っていたが、人気者の三坂に告白される。それがきっかけで透矢との距離が縮まり、ふたりは付き合うことに。絆を深めるふたりだったけど、透矢が事故に遭い…？
ISBN978-4-8137-0532-1
予価:本体500円+税

ブルーレーベル

『新装版　イジメ返し～復讐の連鎖・はじまり～』なぁな・著

女子高に通う楓子は些細なことが原因で、クラスの派手なグループからひどいイジメを受けている。暴力と精神的な苦しみにより、絶望的な気持ちで毎日を送る楓子。ある日、小学校の時の同級生・カンナが転校してきて"イジメ返し"を提案する。楓子は彼女と一緒に復讐を始めるが……？
ISBN978-4-8137-0536-9
予価:本体500円+税

ブラックレーベル

書店店頭にご希望の本がない場合は、
書店にてご注文いただけます。

恋するキミのそばに。
♥ 野いちご文庫 ♥

可愛いカラーマンガつき！

SELEN
"Because I think of you for 365 days."
authored by SELEN

365日、君をずっと想うから。

SELEN・著
本体：590円＋税

彼が未来から来た切ない理由って…？
蓮の秘密と一途な想いに、
泣きキュンが止まらない！

イラスト：雨宮うり
ISBN：978-4-8137-0229-0

高2の花は見知らぬチャラいイケメン・蓮に弱みを握られ、言いなりになることを約束されてしまう。さらに、「俺、未来から来たんだよ」と信じられないことを告げられて!?　意地悪だけど優しい蓮に惹かれていく花。しかし、蓮の命令には悲しい秘密があった——。蓮がタイムリープした理由とは？　ラストは号泣のうるきゅんラブ!!

感動の声が、たくさん届いています！

こんなに泣いた小説は
初めてでした…
たくさんの小説を
読んできましたが
心から感動しました
／三日月恵さん

こちらの作品一日で
読破してしまいました（笑）
ラストは号泣しながら読んでました。°(´つω`・)°
切ない……
／田山麻雪深さん

1回読んだら
止まらなくなって
こんな時間に!!
もう涙と鼻水が止まらなく
息ができない（涙）
／サーチャンさん

ケータイ小説文庫 累計500冊突破記念!

『一生に一度の恋』
小説コンテスト開催中!

賞

最優秀賞<1作>
スターツ出版より書籍化
商品券3万円分プレゼント

優秀賞<2作>
商品券1万円分プレゼント

参加賞<抽選で10名様>
図書カード500円分

最優秀賞作品は
スターツ出版より
書籍化!!
ぜひチャレンジしてね♪

テーマ

『一生に一度の恋』

主人公たちを襲う悲劇や、障害の数々…
切なくも心に響く純愛作品を自由に書いてください。
主人公は10代の女性としてください。

スケジュール

7月25日(水)➡ エントリー開始
10月31日(水)➡ エントリー、完結締め切り
11月下旬 ➡ 結果発表

※スケジュールは変更になる可能性があります

詳細はこちらをチェック→
https://www.no-ichigo.jp/
article/ichikoi-contest